Un hivernage dans les glaces

ÉTONNANTS • CLASSIQUES

VERNE

Un hivernage dans les glaces

*Présentation, notes, dossier et cahier photos
par* Patrice Kleff,
professeur de lettres

Avec la participation de Lucie Szechter
pour la rubrique « Un livre, un film »

Flammarion

**Le voyage et l'aventure
dans la collection «Étonnants Classiques»**

Aventures du baron de Münchhausen
HOBB (Robin), *Retour au pays*
LÉRY (Jean de), *Le Nouveau Monde*
LONDON (Jack), *L'Appel de la forêt*
MARCO POLO, *Les Merveilles de l'Orient*
STEVENSON, *L'Île au trésor*
VERNE, *Le Tour du monde en 80 jours*
Un hivernage dans les glaces

© Éditions Flammarion, 2013.
Édition révisée en 2017.
ISBN : 978-2-0814-0939-2
ISSN : 1269-8822

SOMMAIRE

■ **Présentation** 9

Jules Verne, les débuts d'un romancier 9
La fascination des pôles 10
Un récit d'aventures 12
Une aventure humaine 14

■ **Chronologie**............................. 17

Un hivernage dans les glaces

1. Le pavillon noir 31
2. Le projet de Jean Cornbutte 38
3. Lueur d'espoir 45
4. Dans les passes 50
5. L'île Liverpool 55
6. Le tremblement de glaces 61
7. Les installations de l'hivernage 68
8. Plan d'explorations 73
9. La maison de neige 77
10. Enterrés vivants 82
11. Un nuage de fumée 89

12. Retour au navire	95
13. Les deux rivaux	101
14. Détresse	105
15. Les ours blancs	110
16. Conclusion	117

■ Dossier 123

Parcours dans l'œuvre	125
La Jeune Hardie à la recherche des marins disparus	129
Fascination polaire	129
Le traître, source d'inspiration	132
Dangereuses aventures	134
Lecture de l'image	145
La fonte des glaces	146
Un livre, un film	149

PRÉSENTATION

Jules Verne, les débuts d'un romancier

En 1855, lorsqu'il rédige *Un hivernage dans les glaces*, Jules Verne n'est pas encore l'écrivain mondialement connu qu'il deviendra quelques années plus tard. Il n'a alors que vingt-sept ans et a décidé d'abandonner définitivement les études de droit qu'il suivait uniquement pour faire plaisir à son père. Depuis qu'il a quitté Nantes pour s'installer à Paris (1847), il s'emploie à se forger un nom dans le milieu littéraire : certes, il a lié connaissance avec Alexandre Dumas – le célèbre auteur des *Trois Mousquetaires* et du *Comte de Monte-Cristo* –, il a fait jouer une pièce de théâtre, *Les Pailles rompues* (1850), et il a publié quelques courtes histoires et des articles dans des journaux, mais le succès n'est pas encore au rendez-vous. Pour y goûter, il lui faudra patienter encore sept années, jusqu'à sa rencontre – décisive pour sa carrière d'écrivain – avec l'éditeur Pierre Jules Hetzel, en 1862. À partir de là, ses œuvres sont encensées – *Cinq Semaines en ballon* (1863), *Voyage au centre de la Terre* (1864), *Vingt Mille Lieues sous les mers* (1869), *Le Tour du monde en 80 jours* (1872), pour ne citer que quelques-uns de ses romans qui seront réunis sous la dénomination «Voyages extraordinaires». Pour de nombreux enfants de la seconde moitié du XIXe siècle, avides de découvertes et d'aventures, les volumes de

Jules Verne, abondamment illustrés et luxueusement reliés, constituent des cadeaux appréciés.

Si, en 1855, le jeune Jules Verne ignore encore que, quelques années plus tard, il comptera parmi les écrivains français les plus lus dans le monde, il a déjà une idée précise des thèmes qu'il souhaite aborder. Ses premiers récits ressortissent à la forme courte ; ce sont des nouvelles, dans lesquelles apparaissent déjà certaines péripéties que l'écrivain développera tout au long de sa carrière : les voyages – notamment par voies aérienne et maritime –, la découverte de pays lointains et inexplorés, les mystères de la science et de la nature, les efforts des héros pour survivre dans des milieux hostiles ; mais aussi les mutineries provoquées par des traîtres, les trahisons qui ne profitent jamais à leurs auteurs et, bien sûr, l'amour toujours récompensé entre deux êtres purs... Jules Verne n'aura de cesse de faire voyager ses lecteurs aux quatre coins du globe, de l'Afrique à l'Extrême-Orient, de l'Amérique à l'Australie, du fond des océans à celui des volcans ; il les conduira même autour de la Lune et dans le futur...

Parmi ces destinations, il en est une qui intéressera particulièrement l'auteur, et à laquelle il consacrera plusieurs romans : il s'agit des territoires polaires.

La fascination des pôles

Les pôles terrestres fascinent au XIXe siècle, en premier lieu parce qu'ils n'ont jamais été entièrement explorés et, de ce fait, conservent une part importante de mystère. Il faudra attendre le début du XXe siècle, plusieurs années après la mort de Jules Verne en 1905, pour que l'Américain Robert Peary et le Norvégien Roald Amundsen se rendent respectivement au pôle Nord (1909) et au pôle Sud (1911). À l'époque de Jules Verne, les cartes géographiques sont très incomplètes, ce qui permet aux romanciers de laisser libre cours à leur imagination.

Cependant, si ces territoires glacés n'ont pas encore été parcourus, les mers qui les entourent sont bien connues. En effet, partant des ports du nord de la France, comme Dunkerque et Boulogne, les pêcheurs s'aventurent souvent dans les eaux poissonneuses de la mer du Nord, voire au-delà : la pêche à la morue, qu'ils pratiquent en mer de Norvège, à proximité des lointaines îles Féroé, du Groenland et de l'Islande, leur vaut d'ailleurs d'être surnommés «pêcheurs d'Islande». Pouvant durer jusqu'à six mois, ces longues campagnes maritimes ne sont pas sans dangers, et nombre de ceux qui y participent n'en reviennent pas. Ainsi, en 1888, année particulièrement funeste, ils sont cent soixante-trois, originaires de Dunkerque et des alentours, à perdre la vie en exerçant leur métier.

Par ailleurs – en particulier depuis la fin du XVIIIe siècle –, des navigateurs ont cherché à repousser les limites des zones maritimes connues. C'est le cas notamment de l'amiral anglais sir John Franklin, parti en 1845 à la découverte d'un hypothétique passage vers l'Asie à proximité du pôle Nord, reliant les océans Atlantique et Pacifique ; l'explorateur a été porté disparu, ainsi que les équipages de ses deux navires, l'*Erebus* et le *Terror*. Dans les années qui suivent cet épisode, une dizaine d'expéditions se lancent à leur recherche sans parvenir à retrouver leur trace. L'une d'entre elles retient particulièrement l'attention, celle de l'Anglais James Clark Ross qui, entre 1848 et 1849, passera plusieurs mois à hiverner sur la banquise. Prisonniers des glaces pendant tout un hiver, Ross et son équipage vivent sur les réserves de nourriture qu'ils ont emportées et combattent tant bien que mal le froid mortel. Ils retourneront en Angleterre au printemps 1849, à la fonte des glaces, sans avoir trouvé le moindre indice sur le sort de sir John Franklin.

Toutes ces aventures maritimes bien réelles – auxquelles s'ajoutent de nombreuses fictions offertes par les écrivains, comme *Les Aventures d'Arthur Gordon Pym* de l'Américain Edgar Allan Poe (1838)[1] – fournissent à Jules Verne une source d'inspiration durable, qu'il exploite dès ses premiers récits. C'est le cas pour *Un hivernage dans les glaces*, dont l'intrigue emprunte à la fois à la vie des «pêcheurs d'Islande» et à l'expédition de secours entreprise par James Clark Ross.

Un récit d'aventures

Le roman s'ouvre sur l'annonce d'un dénouement : *La Jeune Hardie* rentre au port de Dunkerque. Son capitaine, Louis Cornbutte, y est attendu par son père Jean et sa fiancée Marie, qu'il doit épouser le jour de son retour. Quelques lignes suffisent à faire basculer le récit : Louis n'est pas à bord du brick qui revient. Alors qu'il tentait de porter secours à des naufragés, il a disparu en mer, comme tant d'autres avant lui, et on n'a pas retrouvé son corps. Il n'en faut pas plus à son père pour rejeter le deuil et se forger un espoir fou : un marin porté disparu n'est pas forcément mort. Et voilà l'équipage de *La Jeune Hardie* parti à la recherche de son capitaine qu'il espère vivant, contre toute vraisemblance, poussé par un principe simple : ne jamais

---

[1]. Voir dossier, p. 134.

abandonner à son sort un ami, un fils, un amoureux, tant qu'il reste une chance de lui venir en aide.

Riche en rebondissements, ce début laisse présager un récit dynamique. Les héros se lancent dans la quête sans songer aux dangers qu'ils devront affronter. Se décider à agir sans prendre le temps de peser le pour et le contre, sans envisager toutes les conséquences de ses actes, et sans écouter les voix de la raison et de la prudence est le propre de l'aventure. D'ailleurs, le sens premier du mot, dérivé du latin *adventura*, est significatif : l'aventure, c'est «ce qui doit arriver». On retrouve cette origine dans la locution «advienne que pourra», qui signifie familièrement : «on verra bien». C'est cette idée qui doit dicter la conduite des voyageurs audacieux : d'abord partir, aviser ensuite. Du reste, l'aventurier possède en lui toutes les ressources nécessaires pour improviser des solutions efficaces face aux dangers imprévus se mettant en travers de sa route. Ce goût du risque n'est pas incompatible avec une conduite prévoyante : ainsi, en capitaine expérimenté, Jean Cornbutte prépare minutieusement son navire. Mais même le plus sage des marins ne saurait prévoir les caprices de la nature ni lire dans le cœur des hommes...

Les héros d'*Un hivernage dans les glaces* — Jean Cornbutte, Marie et Penellan, respectivement père, fiancée et ami de Louis — prennent donc rapidement leur décision. Au fil des jours, ils auront l'occasion d'éprouver leur courage et leur espérance : dangers, bonnes nouvelles et trahisons se succèdent à un rythme tel qu'il n'y a guère de place pour le doute ni pour la réflexion. En situant son récit dans les régions polaires, Jules Verne accentue encore la veine aventureuse de son texte et favorise le dépaysement de ses lecteurs. Il peut les amener vers une destination inconnue et périlleuse qui les passionnera à coup sûr. Le froid, la faim, les maladies, les icebergs gigantesques, les ours féroces, l'immensité des territoires : toutes ces péripéties sont autant de raisons de craindre pour la vie des héros et la réussite de leur mission. Surtout si l'on y ajoute un élément humain : la lâcheté de certains marins en qui l'on avait confiance.

Une aventure humaine

Un hivernage dans les glaces n'est pas seulement un récit d'action. Les comportements humains y sont à l'image des conditions de vie des personnages : extrêmes. Jean Cornbutte, Marie et Penellan sont motivés par une volonté inébranlable : convaincus que Louis est encore en vie, ils mettent tout en œuvre pour le secourir. Leur amour pour le jeune homme et leur foi en leur mission focalisent entièrement leur attention sur le but qu'ils se sont fixé. Même aux pires moments, quand tout semble perdu, l'espoir ne les quitte jamais. Si ce ne sont pas les protagonistes les plus forts de l'histoire – Jean est un vieil homme et Marie une jeune femme[1] –, ils sont les plus tenaces. L'aventure dans laquelle ils se lancent leur permet de puiser au plus profond d'eux-mêmes les ressources nécessaires pour résister aux difficultés : elle est aussi dépassement de soi.

Cependant, *Un hivernage dans les glaces* ne donne pas à voir que des comportements sublimes. D'autres sentiments, bien

---

1. Rappelons qu'au XIXe siècle les femmes sont loin d'avoir conquis l'égalité des droits avec les hommes : la présence de Marie sur un bateau partant pour l'océan Arctique est donc tout à fait exceptionnelle pour un lecteur de l'époque.

plus sombres, y sont également dépeints, et engendrent des attitudes de plus en plus inquiétantes. Jules Verne les insère progressivement dans son récit : l'envie, la jalousie, la dissimulation, l'égoïsme, l'ingratitude, l'orgueil, la lâcheté, la violence et la cruauté prennent une place croissante au fil de l'histoire. Là encore, l'hostilité des territoires semble jouer un rôle important : à mesure que les héros voient leur survie menacée par les rigueurs de l'hiver polaire, leur personnalité profonde se dévoile, et certains sont prêts à sauver leur vie aux dépens de celle de leurs compagnons. L'aventure devient alors un véritable miroir de l'âme, révélant dans chacun la part de sublime mais aussi la part d'abjection qu'une existence normale permettait de laisser en sommeil.

Un hivernage dans les glaces comporte toutes les caractéristiques du récit d'aventures déployées par Jules Verne tout au long de sa grande et riche œuvre et, en ce sens, constitue une porte d'entrée dans son univers romanesque. Pour le lecteur du XXIe siècle, habitué à des technologies perfectionnées, certaines péripéties pourront faire sourire : aujourd'hui, on pourrait géolocaliser Louis Cornbutte grâce à une balise reliée à un satellite, survoler la région et le retrouver en quelques jours. Mais n'est-ce pas le charme de la vraie aventure de permettre à l'homme de surmonter des épreuves par son courage plutôt que par son équipement ?

CHRONOLOGIE

1828 1905
1828 1905

Repères historiques et culturels

Vie et œuvre de l'auteur

Repères historiques et culturels

1828 — Inauguration de la première ligne de chemin de fer française, reliant Saint-Étienne à Andrézieux.

1830 — Développement spectaculaire du train à travers l'Europe et les États-Unis jusqu'au début du XXe siècle.
Le roi de France, Charles X, est renversé et remplacé par Louis-Philippe. Début de la monarchie de Juillet.

1833 — Mort de Nicéphore Niépce, inventeur de la photographie ; invention du télégraphe électrique.

1837 — Le navigateur français Jules Dumont d'Urville part pour un voyage de trois ans qui lui permet de parcourir l'Antarctique, jusqu'alors inexploré, à bord du navire l'*Astrolabe*.

1838 — L'Américain Edgar Allan Poe publie *Les Aventures d'Arthur Gordon Pym*, livre dont l'action se déroule en grande partie dans l'Antarctique et qui influencera Jules Verne pour la rédaction d'*Un hivernage dans les glaces*.

1842 — Mort de Dumont d'Urville dans un accident de train.

1844 — Ouverture de la première ligne de télégraphe électrique, conçue par l'Américain Samuel Morse.
Alexandre Dumas commence à publier *Les Trois Mousquetaires* et *Le Comte de Monte-Cristo*.

1845 — Disparition des deux navires commandés par sir John Franklin, partis explorer l'océan Arctique à la recherche d'un passage vers l'Asie. Dans les années qui suivent, plusieurs expéditions de secours permettent de conclure que Franklin et ses hommes sont morts de faim et de froid sur la banquise.

Vie et œuvre de l'auteur

1828 Naissance de Jules Verne à Nantes, le 8 février.

1829 Naissance de Paul, frère cadet de Jules : ils seront très proches.

1839 Tentative de fugue de Jules à bord d'un navire.
1840 Déménagement de la famille Verne dans le quartier de l'île Feydau, tout près du port de Nantes.

Repères historiques et culturels

1848 En France, le roi Louis-Philippe est renversé et la IIe République proclamée le 24 février. Après des émeutes en juin, Louis-Napoléon Bonaparte est élu président de la République en décembre.

1849 Ruée vers l'or en Californie.
Mort d'Edgar Allan Poe.

1850 Première liaison télégraphique par câble sous-marin entre Calais (France) et Douvres (Angleterre).

1851 Coup d'État de Louis-Napoléon Bonaparte le 2 décembre.
Exil volontaire de Victor Hugo.

1852 Louis-Napoléon Bonaparte se fait proclamer empereur sous le nom de Napoléon III. Début du Second Empire.

1853 Le paquebot anglais *Great Eastern*, gigantesque bateau à vapeur, est lancé.

1855 Paris organise l'Exposition universelle.

1856 Début de l'éclairage public et du chauffage au gaz ; début des grands travaux d'urbanisme à Paris, sous la direction du préfet Haussmann.

1857 Début des travaux de percement du tunnel du Mont-Cenis, dans les Alpes, grâce à l'emploi d'une foreuse à air comprimé montée sur rails.

1859 L'anti-esclavagiste américain John Brown est pendu.
Début du percement du canal de Suez.

1860 L'explorateur américain Charles Francis Hall part sur les traces de l'expédition Franklin afin de retrouver les épaves de ses navires ; ses recherches n'ayant pas abouti, il récidivera en 1869, sans plus de succès.

Vie et œuvre de l'auteur

1846 Réussite au baccalauréat après de brillantes études secondaires.

1847 Début des études de droit à Paris.

1848 Rencontre avec Alexandre Dumas et premières tentatives littéraires.

1849 Licence de droit, obtenue sans difficultés mais sans enthousiasme.

1850 Première représentation d'une pièce, *Les Pailles rompues*, qui ne remporte pas un grand succès.

1851 Progression dans le milieu littéraire. Jules Verne devient secrétaire d'un théâtre et publie des articles, puis de courts récits, pour gagner sa vie.

1852 Abandon définitif du droit, malgré l'insistance de son père.

1855 Publication d'*Un hivernage dans les glaces*.

1857 Mariage avec une jeune veuve, Honorine de Viane, rencontrée l'année précédente.

1859 Voyage en Écosse.

Repères historiques et culturels

1861   Début de la guerre de Sécession aux États-Unis.

1862   Victor Hugo publie *Les Misérables*.

1864   Première ligne transatlantique régulière Le Havre-New York par bateau à vapeur.
Fondation de la Croix-Rouge internationale.

1865   Fin de la guerre de Sécession et assassinat du président américain Abraham Lincoln.
Invention de la dynamite par le chimiste suédois Alfred Nobel.

1869   Inauguration du canal de Suez.

1870   En juillet, début de la guerre entre la France et la Prusse. Défaite française à Sedan et destitution de Napoléon III. Proclamation de la IIIe République.

1871   Achèvement du tunnel du Mont-Cenis, reliant par le chemin de fer la France et l'Italie sur près de 13 km.

Vie et œuvre de l'auteur

1861 Naissance de Michel, unique enfant de Jules et Honorine Verne.
Voyage en Scandinavie.

1862 Rencontre avec l'éditeur Pierre Jules Hetzel, qui publiera tous les romans de Verne en feuilletons, puis en volumes reliés et illustrés.

1863 Publication de *Cinq Semaines en ballon*, premier grand roman de Verne, qui rencontre un immense succès.

1864 *Voyage au centre de la Terre.*

1865 *De la Terre à la Lune.*

1866 Création chez Hetzel de la collection des «Voyages extraordinaires», qui regroupera l'essentiel de la production romanesque de Jules Verne, dont *Les Aventures du capitaine Hatteras*, qui raconte une expédition au pôle Nord.

1867 *Les Enfants du capitaine Grant.*
Voyage aux États-Unis (New York, les chutes du Niagara).

1868 Achat d'un voilier, le *Saint-Michel I*, avec lequel les familles de Jules et Paul Verne effectueront plusieurs voyages.

1869 *Vingt Mille Lieues sous les mers.*
Autour de la Lune.
Déménagement pour Amiens.

Repères historiques et culturels

1876   Invention du téléphone par l'ingénieur américain Graham Bell.

1878   Mise au point du premier phonographe par l'ingénieur américain Thomas Edison, à partir d'une idée du poète et inventeur français Charles Cros.

1879   Début de l'éclairage électrique, grâce notamment à l'invention de l'ampoule à filament par Thomas Edison.

1881   Premières lois de Jules Ferry sur l'école (gratuité), prolongées en 1882 (obligation scolaire, laïcité).

1885   Mort de Victor Hugo.
Découverte du vaccin contre la rage par Louis Pasteur.
Lancement du premier vélocipède, ancêtre de la bicyclette.

1886   Mort de Pierre Jules Hetzel, à qui succède son fils Louis.

1888   L'explorateur norvégien Fridtjof Nansen réussit la première traversée du Groenland.

Vie et œuvre de l'auteur

1872 *Le Tour du monde en 80 jours* obtient un succès phénoménal.

1874 Adaptation du *Tour du monde en 80 jours* au théâtre. Achat du *Saint-Michel II*. Problèmes familiaux avec Michel, que son père envoie en maison de redressement.

1876 *L'Île mystérieuse* et *Michel Strogoff*.

1877 Achat du *Saint-Michel III*, qui navigue à voiles et à vapeur, et avec lequel Verne ira jusqu'à Alger l'année suivante.

1878 *Un capitaine de quinze ans*.

1879 *Les Tribulations d'un Chinois en Chine* et *Les Cinq Cents Millions de la bégum*.

1880 Adaptation de *Michel Strogoff* au théâtre.

1884 Nouveau voyage sur le *Saint-Michel III*, jusqu'à Tunis.

1885 *Mathias Sandorf*.

1886 *Robur le Conquérant*.
Vente du *Saint-Michel III*.
Jules Verne est blessé par son neveu Gaston, qui lui tire une balle dans le pied, vraisemblablement lors d'un accès de démence.

1888 *Deux Ans de vacances*.

Repères historiques et culturels

1890 L'ingénieur français Clément Ader effectue le premier vol à bord d'un aéroplane motorisé. Production des premières automobiles en France (Peugeot, Panhard) et en Allemagne (Daimler, Benz).

1894 En France, assassinat du président de la République, Sadi Carnot.
Jules Renard écrit *Poil de Carotte*.

1895 Premières projections cinématographiques des frères Lumière.
H.G. Wells écrit *La Machine à explorer le temps*.

1897 Début de la Ruée vers l'or dans le Grand Nord américain.

1898 Découverte du radium par Pierre et Marie Curie. Expérimentation du télégraphe sans fil par l'Italien Guglielmo Marconi.

1899 Première liaison radio entre la France et l'Angleterre.

1902 Arthur Conan Doyle écrit *Le Chien des Baskerville*.

1903 Joseph Conrad écrit *Typhon*.
Jack London écrit *L'Appel de la forêt*.
Le navigateur français Jean-Baptiste Charcot entreprend son premier voyage d'exploration en Antarctique.

1909 L'explorateur américain Robert Peary est le premier homme à atteindre le pôle Nord.

1911 L'explorateur norvégien Roald Amundsen est le premier homme à atteindre le pôle Sud, quelques semaines avant son rival anglais Robert Falcon Scott, qui mourra sur le chemin du retour.

Vie et œuvre de l'auteur

1892   *Le Château des Carpathes.*

1897   *Le Sphinx des glaces.*
Mort de Paul Verne. La santé de Jules commence à décliner (diabète).

1904   *Un drame en Livonie.*
1905   Mort de Jules Verne le 17 février.
Son fils Michel assurera la publication de plusieurs récits posthumes jusqu'en 1919.

Gravure de l'édition de Pierre Jules Hetzel d'*Un hivernage dans les glaces*, 1874.

Un hivernage dans les glaces

1. Le pavillon noir

Le curé de la vieille église de Dunkerque se réveilla à cinq heures, le 12 mai 18.., pour dire, suivant son habitude, la première basse messe[1] à laquelle assistaient quelques pieux[2] pêcheurs.

Vêtu de ses habits sacerdotaux[3], il allait se rendre à l'autel, quand un homme entra dans la sacristie[4], joyeux et effaré à la fois. C'était un marin d'une soixantaine d'années, mais encore vigoureux et solide, avec une bonne et honnête figure.

«Monsieur le curé, s'écria-t-il, halte là! s'il vous plaît.

– Qu'est-ce qui vous prend donc si matin, Jean Cornbutte? répliqua le curé.

– Ce qui me prend?... Une fameuse envie de vous sauter au cou, tout de même!

– Eh bien, après la messe, à laquelle vous allez assister...

– La messe! répondit en riant le vieux marin. Vous croyez que vous allez dire votre messe maintenant, et que je vous laisserai faire?

– Et pourquoi ne dirais-je pas ma messe? demanda le curé. Expliquez-vous! Le troisième son a tinté...

– Qu'il ait tinté ou non, répliqua Jean Cornbutte, il en tintera bien d'autres aujourd'hui, monsieur le curé, car vous

---

1. *Basse messe* : messe lue, sans chants pour l'accompagner.
2. *Pieux* : attachés aux pratiques de la religion.
3. *Habits sacerdotaux* : habits revêtus par le prêtre pour exercer sa charge.
4. *Sacristie* : bâtiment servant d'annexe aux églises.

m'avez promis de bénir de vos propres mains le mariage de
mon fils Louis et de ma nièce Marie !

— Il est donc arrivé ? s'écria joyeusement le curé.

— Il ne s'en faut guère, reprit Cornbutte en se frottant les
mains. La vigie[1] nous a signalé, au lever du soleil, notre
brick[2], que vous avez baptisé vous-même du beau nom de *La
Jeune Hardie* !

— Je vous en félicite du fond du cœur, mon vieux Cornbutte, dit le curé en se dépouillant de la chasuble[3] et de
l'étole[4]. Je connais nos conventions. Le vicaire[5] va me remplacer, et je me tiendrai à votre disposition pour l'arrivée de
votre cher fils.

— Et je promets qu'il ne vous fera pas jeûner trop longtemps ! répondit le marin. Les bans ont déjà été publiés[6] par
vous-même, et vous n'aurez plus qu'à l'absoudre des péchés
qu'on peut commettre entre le ciel et l'eau[7], dans les mers du
Nord. Une fameuse idée que j'ai eue là, de vouloir que la noce
se fît le jour même de l'arrivée, et que mon fils Louis ne quittât son brick que pour se rendre à l'église !

— Allez donc tout disposer, Cornbutte.

— J'y cours, monsieur le curé. À bientôt ! »

Le marin revint à grands pas à sa maison, située sur le quai
du port marchand, et d'où l'on apercevait la mer du Nord, ce
dont il se montrait si fier.

---

1. *Vigie* : ici, guetteur chargé de surveiller les côtes.
2. *Brick* : sorte de voilier (voir p. 127).
3. *Chasuble* : vêtement porté par les prêtres pour célébrer la messe.
4. *Étole* : sorte d'écharpe portée par les prêtres.
5. *Vicaire* : prêtre suppléant du curé.
6. *Les bans ont déjà été publiés* : le mariage a déjà été annoncé officiellement.
7. *L'absoudre des péchés qu'on peut commettre entre le ciel et l'eau* :
effacer, par la confession, les péchés qu'il est susceptible d'avoir commis lors
de son périple.

Jean Cornbutte avait amassé quelque bien[1] dans son état. Après avoir longtemps commandé les navires d'un riche armateur[2] du Havre, il se fixa dans sa ville natale, où il fit construire, pour son propre compte, le brick *La Jeune Hardie*. Plusieurs voyages dans le Nord réussirent, et le navire trouva toujours à vendre à bon prix ses chargements de bois, de fer et de goudron. Jean Cornbutte en céda alors le commandement à son fils Louis, brave marin de trente ans, qui, au dire de tous les capitaines caboteurs[3], était bien le plus vaillant matelot de Dunkerque.

Louis Cornbutte était parti, ayant un grand attachement pour Marie, la nièce de son père, qui trouvait bien long les jours de l'absence. Marie avait vingt ans à peine. C'était une belle Flamande, avec quelques gouttes de sang hollandais dans les veines. Sa mère l'avait confiée, en mourant, à son frère Jean Cornbutte. Aussi, ce brave marin l'aimait comme sa propre fille, et voyait dans l'union projetée une source de vrai et durable bonheur.

L'arrivée du brick, signalé au large des passes[4], terminait une importante opération commerciale dont Jean Cornbutte attendait gros profit. *La Jeune Hardie*, partie depuis trois mois, revenait en dernier lieu de Bodø, sur la côte occidentale de la Norvège, et elle avait opéré rapidement son voyage.

En rentrant au logis, Jean Cornbutte trouva toute la maison sur pied. Marie, le front radieux, revêtait ses habillements de mariée.

«Pourvu que le brick n'arrive pas avant nous! disait-elle.

---

1. *Avait amassé quelque bien* : avait gagné une belle somme d'argent.
2. *Armateur* : propriétaire d'un ou de plusieurs navires marchands.
3. *Caboteurs* : qui naviguent le long des côtes.
4. *Passes* : passages maritimes permettant, notamment, d'entrer et de sortir d'un port.

– Hâte-toi, petite, répondit Jean Cornbutte, car les vents viennent du nord, et *La Jeune Hardie* file bien, quand elle file grand largue[1] !

– Nos amis sont-ils prévenus, mon oncle ? demanda Marie.

– Ils sont prévenus !

– Et le notaire, et le curé ?

– Sois tranquille ! Il n'y aura que toi à nous faire attendre ! »

En ce moment entra le compère Clerbaut.

« Eh bien ! mon vieux Cornbutte, s'écria-t-il, voilà de la chance ! Ton navire arrive précisément à l'époque où le gouvernement vient de mettre en adjudication[2] de grandes fournitures de bois pour la marine.

– Qu'est-ce que ça me fait ? répondit Jean Cornbutte. Il s'agit bien du gouvernement !

– Sans doute, monsieur Clerbaut, dit Marie, il n'y a qu'une chose qui nous occupe : c'est le retour de Louis.

– Je ne disconviens pas que... répondit le compère. Mais enfin ces fournitures...

– Et vous serez de la noce, répliqua Jean Cornbutte, qui interrompit le négociant et lui serra la main de façon à la briser.

– Ces fournitures de bois...

– Et avec tous nos amis de terre et nos amis de mer, Clerbaut. J'ai déjà prévenu mon monde, et j'inviterai tout l'équipage du brick !

– Et nous irons l'attendre sur l'estacade[3] ? demanda Marie.

---

1. *Quand elle file grand largue* : quand le vent la pousse en diagonale.
2. *Mettre en adjudication* : mettre en vente aux enchères.
3. *L'estacade* : la jetée du port.

– Je le crois bien, répondit Jean Cornbutte. Nous défilerons tous deux par deux, violons en tête ! »

Les invités de Jean Cornbutte arrivèrent sans tarder. Bien qu'il fût de grand matin, pas un ne manqua à l'appel. Tous félicitèrent à l'envi le brave marin, qu'ils aimaient. Pendant ce temps, Marie, agenouillée, transformait devant Dieu ses prières en remerciements. Elle rentra bientôt, belle et parée, dans la salle commune, et elle eut la joue embrassée par toutes les commères, la main vigoureusement serrée par tous les hommes ; puis, Jean Cornbutte donna le signal du départ.

Ce fut un spectacle curieux de voir cette joyeuse troupe prendre le chemin de la mer au lever du soleil. La nouvelle de l'arrivée du brick avait circulé dans le port, et bien des têtes en bonnets de nuit apparurent aux fenêtres et aux portes entrebâillées. De chaque côté arrivait un honnête compliment ou un salut flatteur.

La noce atteignit l'estacade au milieu d'un concert de louanges et de bénédictions. Le temps s'était fait magnifique, et le soleil semblait se mettre de la partie. Un joli vent du nord faisait écumer les lames[1], et quelques chaloupes[2] de pêcheurs, orientées au plus près pour sortir du port, rayaient la mer de leur rapide sillage entre les estacades.

Les deux jetées de Dunkerque qui prolongent le quai du port s'avancent loin dans la mer. Les gens de la noce occupaient toute la largeur de la jetée du nord, et ils atteignirent bientôt une petite maisonnette située à son extrémité, où veillait le maître du port.

Le brick de Jean Cornbutte était devenu de plus en plus visible. Le vent fraîchissait[3], et *La Jeune Hardie* courait grand

---

1. *Lames* : vagues.
2. *Chaloupes* : petites embarcations.
3. *Fraîchissait* : se levait.

largue sous ses huniers, sa misaine, sa brigantine, ses perroquets et ses cacatois[1]. La joie devait évidemment régner à bord comme à terre. Jean Cornbutte, une longue-vue à la main, répondait gaillardement aux questions de ses amis.

135 «Voilà bien mon beau brick! s'écriait-il, propre et rangé comme s'il appareillait[2] de Dunkerque! Pas une avarie[3]! Pas un cordage de moins!

– Voyez-vous votre fils le capitaine? lui demandait-on.

– Non, pas encore. Ah! c'est qu'il est à son affaire!

140 – Pourquoi ne hisse-t-il pas son pavillon[4]? demanda Clerbaut.

– Je ne sais guère, mon vieil ami, mais il a une raison sans doute.

– Votre longue-vue, mon oncle, dit Marie en lui arrachant 145 l'instrument des mains, je veux être la première à l'apercevoir!

– Mais c'est mon fils, mademoiselle!

– Voilà trente ans qu'il est votre fils, répondit en riant la jeune fille, et il n'y a que deux ans qu'il est mon fiancé!»

150 *La Jeune-Hardie* était entièrement visible. Déjà l'équipage faisait ses préparatifs de mouillage[5]. Les voiles hautes avaient été carguées[6]. On pouvait reconnaître les matelots qui s'élançaient dans les agrès[7]. Mais ni Marie, ni Jean Cornbutte n'avaient encore pu saluer de la main le capitaine du brick.

---

1. *Huniers*, *misaine*, *brigantine*, *perroquets* et *cacatois* : il s'agit des différentes voiles d'un brick.
2. *Appareillait* : prenait la mer.
3. *Avarie* : détérioration d'un bateau.
4. *Pavillon* : pièce d'étoffe que l'on hisse sur un navire pour indiquer sa nationalité, la compagnie de navigation à laquelle il appartient ou pour faire des signaux.
5. *De mouillage* : d'ancrage.
6. *Carguées* : attachées au mât.
7. *Agrès* : cordages permettant de monter au mât.

«Ma foi, voici le second, André Vasling ! s'écria Clerbaut.

– Voici Fidèle Misonne, le charpentier, répondit un des assistants.

– Et notre ami Penellan ! » dit un autre, en faisant un signe au marin ainsi nommé.

La Jeune Hardie ne se trouvait plus qu'à trois encablures[1] du port, lorsqu'un pavillon noir monta à la corne de brigantine[2]... Il y avait deuil à bord !

Un sentiment de terreur courut dans tous les esprits et dans le cœur de la jeune fiancée.

Le brick arrivait tristement au port, et un silence glacial régnait sur son pont. Bientôt il eut dépassé l'extrémité de l'estacade.

Marie, Jean Cornbutte et tous les amis se précipitèrent vers le quai qu'il allait accoster, et, en un instant, ils se trouvèrent à bord.

«Mon fils ! » dit Jean Cornbutte, qui ne put articuler que ces mots.

Les marins du brick, la tête découverte, lui montrèrent le pavillon de deuil.

Marie poussa un cri de détresse et tomba dans les bras du vieux Cornbutte.

André Vasling avait ramené *La Jeune Hardie* ; mais Louis Cornbutte, le fiancé de Marie, n'était plus à son bord.

---

1. ***Trois encablures*** : environ 600 m. L'***encablure*** est une mesure marine équivalant à environ 200 m.
2. ***Corne de brigantine*** : pièce de bois à laquelle est attachée la voile trapézoïdale de l'arrière d'un navire et qui sert aussi à accrocher le pavillon.

2. Le projet de Jean Cornbutte

Dès que la jeune fille, confiée aux soins de charitables amis, eut quitté le brick, le second, André Vasling, apprit à Jean Cornbutte l'affreux événement qui le privait de revoir son fils, et que le journal du bord rapportait en ces termes :

«À la hauteur du Maelström[1], 26 avril, le navire, s'étant mis à la cape[2] par un gros temps et des vents de sud-ouest, aperçut des signaux de détresse que lui faisait une goélette[3] sous le vent. Cette goélette, démâtée de son mât de misaine[4], courait vers le gouffre, à sec de toiles[5]. Le capitaine Louis Cornbutte, voyant ce navire marcher à une perte imminente[6], résolut d'aller à bord. Malgré les représentations[7] de son équipage, il fit mettre la chaloupe à la mer, y descendit avec le matelot Cortrois et Pierre Nouquet le timonier[8]. L'équipage les suivit des yeux, jusqu'au moment où ils disparurent au milieu de la brume. La nuit arriva.

La mer devint de plus en plus mauvaise. *La Jeune Hardie*, attirée par les courants qui avoisinent ces parages, risquait

---

1. *Maelström* : puissant tourbillon marin.
2. *S'étant mis à la cape* : ayant baissé la plupart de ses voiles, de façon à ralentir l'allure.
3. *Goélette* : sorte de voilier.
4. *Mât de misaine* : premier mât vertical à l'avant du navire.
5. *À sec de toiles* : sans aucune voile.
6. *Imminente* : sur le point de se produire.
7. *Représentations* : observations, remarques.
8. *Timonier* : marin chargé de manœuvrer le timon, ou gouvernail, afin de diriger le navire.

d'aller s'engloutir dans le Maëlstrom. Elle fut obligée de fuir vent arrière. En vain croisa-t-elle[1] pendant quelques jours sur le lieu du sinistre ; la chaloupe du brick, la goélette, le capitaine Louis et les deux matelots ne reparurent pas. André Vasling assembla alors l'équipage, prit le commandement du navire et fit voile vers Dunkerque.»

Jean Cornbutte, après avoir lu ce récit, sec comme un simple fait de bord, pleura longtemps, et s'il eut quelque consolation, elle vint de cette pensée que son fils était mort en voulant secourir ses semblables. Puis, le pauvre père quitta ce brick, dont la vue lui faisait mal, et il rentra dans sa maison désolée.

Cette triste nouvelle se répandit aussitôt dans tout Dunkerque. Les nombreux amis du vieux marin vinrent lui apporter leurs vives et sincères condoléances. Puis, les matelots de *La Jeune Hardie* donnèrent les détails les plus complets sur cet événement, et André Vasling dut raconter à Marie, dans tous ses détails, le dévouement de son fiancé.

Jean Cornbutte réfléchit, après avoir pleuré, et le lendemain même du mouillage, voyant entrer André Vasling chez lui, il lui dit :

«Êtes-vous bien sûr, André, que mon fils ait péri ?

– Hélas ! oui, monsieur Jean ! répondit André Vasling.

– Et avez-vous bien fait toutes les recherches voulues pour le retrouver ?

– Toutes, sans contredit, monsieur Cornbutte ! Mais il n'est malheureusement que trop certain que ses deux matelots et lui ont été engloutis dans le gouffre du Maëlstrom.

– Vous plairait-il, André, de garder le commandement en second du navire ?

---

1. *Croisa-t-elle* : fit-elle des parcours en tous sens.

2. Le projet de Jean Cornbutte | 39

— Cela dépendra du capitaine, monsieur Cornbutte.

— Le capitaine, ce sera moi, André, répondit le vieux marin. Je vais rapidement décharger mon navire, composer mon équipage et courir à la recherche de mon fils !

— Votre fils est mort ! répondit André Vasling en insistant.

— C'est possible, André, répliqua vivement Jean Cornbutte ; mais il est possible aussi qu'il se soit sauvé. Je veux fouiller tous les ports de la Norvège, où il a pu être poussé, et, quand j'aurai la certitude de ne plus jamais le revoir, alors, seulement, je reviendrai mourir ici ! »

André Vasling, comprenant que cette décision était inébranlable, n'insista plus et se retira.

Jean Cornbutte instruisit aussitôt sa nièce de son projet, et il vit briller quelques lueurs d'espérance à travers ses larmes. Il n'était pas encore venu à l'esprit de la jeune fille que la mort de son fiancé pût être problématique ; mais à peine ce nouvel espoir fut-il jeté dans son cœur, qu'elle s'y abandonna sans réserve.

Le vieux marin décida que *La Jeune Hardie* reprendrait aussitôt la mer. Ce brick, solidement construit, n'avait aucune avarie à réparer. Jean Cornbutte fit publier que, s'il plaisait à ses matelots de s'y embarquer, rien ne serait changé à la composition de l'équipage. Il remplacerait seulement son fils dans le commandement du navire.

Pas un des compagnons de Louis Cornbutte ne manqua à l'appel, et il y avait là de hardis marins : Alain Turquiette, le charpentier Fidèle Misonne, le Breton Penellan, qui remplaçait Pierre Nouquet comme timonier de *La Jeune Hardie*, et puis Gradlin, Aupic, Gervique, matelots courageux et éprouvés[1].

---

1. *Éprouvés* : ici, aguerris, expérimentés.

Jean Cornbutte proposa de nouveau à André Vasling de reprendre son rang à bord. Le second du brick était un manœuvrier habile, qui avait fait ses preuves en ramenant *La Jeune Hardie* à bon port. Cependant, on ne sait pour quel motif, André Vasling fit quelques difficultés et demanda à réfléchir.

«Comme vous voudrez, André Vasling, répondit Cornbutte. Souvenez-vous seulement que, si vous acceptez, vous serez le bienvenu parmi nous.»

Jean Cornbutte avait un homme dévoué dans le Breton Penellan, qui fut longtemps son compagnon de voyage. La petite Marie passait autrefois les longues soirées d'hiver dans les bras du timonier, pendant que celui-ci demeurait à terre. Aussi avait-il conservé pour elle une amitié de père, que la jeune fille lui rendait en amour filial. Penellan pressa de tout son pouvoir l'armement[1] du brick, d'autant plus que, selon lui, André Vasling n'avait peut-être pas fait toutes les recherches possibles pour retrouver les naufragés, bien qu'il fût excusé par la responsabilité qui pesait sur lui comme capitaine.

Huit jours ne s'étaient pas écoulés que *La Jeune Hardie* se trouvait prête à reprendre la mer. Au lieu de marchandises, elle fut complètement approvisionnée de viandes salées, de biscuits, de barils de farine, de pommes de terre, de porc, de vin, d'eau-de-vie[2], de café, de thé, de tabac.

Le départ fut fixé au 22 mai. La veille au soir, André Vasling, qui n'avait pas encore rendu réponse à Jean Cornbutte, se rendit à son logis. Il était encore indécis et ne savait quel parti prendre.

---

1. *L'armement* : la préparation.
2. *Eau-de-vie* : alcool fort.

Jean Cornbutte n'était pas chez lui, bien que la porte de sa maison fût ouverte. André Vasling pénétra dans la salle commune, attenante à la chambre de la jeune fille, et, là, le bruit d'une conversation animée frappa son oreille. Il écouta attentivement et reconnut les voix de Penellan et de Marie.

Sans doute la discussion se prolongeait déjà depuis quelque temps, car la jeune fille semblait opposer une inébranlable fermeté aux observations du marin breton.

« Quel âge a mon oncle Cornbutte ? disait Marie.

– Quelque chose comme soixante ans, répondait Penellan.

– Eh bien ! ne va-t-il pas affronter des dangers pour retrouver son fils ?

– Notre capitaine est un homme solide encore, répliquait le marin. Il a un corps de bois de chêne et des muscles durs comme une barre[1] de rechange ! Aussi, je ne suis point effrayé de lui voir reprendre la mer !

– Mon bon Penellan, reprit Marie, on est forte quand on aime ! D'ailleurs, j'ai pleine confiance dans l'appui du Ciel. Vous me comprenez et vous me viendrez en aide !

– Non ! disait Penellan. C'est impossible, Marie ! Qui sait où nous dériverons, et quels maux il nous faudra souffrir ! Combien ai-je vu d'hommes vigoureux laisser leur vie dans ces mers !

– Penellan, reprit la jeune fille, il n'en sera ni plus ni moins, et si vous me refusez, je croirai que vous ne m'aimez plus ! »

André Vasling avait compris la résolution de la jeune fille. Il réfléchit un instant, et son parti fut pris.

« Jean Cornbutte, dit-il, en s'avançant vers le vieux marin qui entrait, je suis des vôtres. Les causes qui m'empêchaient

---

1. *Barre* ; roue servant à manœuvrer le gouvernail qui dirige un bateau.

d'embarquer ont disparu, et vous pouvez compter sur mon dévouement.

140 – Je n'avais jamais douté de vous, André Vasling, répondit Jean Cornbutte en lui prenant la main. Marie ! mon enfant ! » dit-il à voix haute.

Marie et Penellan parurent aussitôt.

« Nous appareillerons demain au point du jour avec la 145 marée tombante, dit le vieux marin. Ma pauvre Marie, voici la dernière soirée que nous passerons ensemble !

– Mon oncle ! s'écria Marie en tombant dans les bras de Jean Cornbutte.

– Marie ! Dieu aidant, je te ramènerai ton fiancé !

150 – Oui, nous retrouverons Louis ! ajouta André Vasling.

– Vous êtes donc des nôtres ? demanda vivement Penellan.

– Oui, Penellan, André Vasling sera mon second, répondit Jean Cornbutte.

155 – Oh ! oh ! fit le Breton d'un air singulier.

– Et ses conseils nous seront utiles, car il est habile et entreprenant.

– Mais vous-même, capitaine, répondit André Vasling, vous nous en remontrerez à tous[1], car il y a encore en vous 160 autant de vigueur que de savoir.

– Eh bien, mes amis, à demain. Rendez-vous à bord et prenez les dernières dispositions. Au revoir, André ! au revoir, Penellan ! »

Le second et le matelot sortirent ensemble. Jean Cornbutte 165 et Marie demeurèrent en présence l'un de l'autre. Bien des larmes furent répandues pendant cette triste soirée. Jean Cornbutte, voyant Marie si désolée, résolut de brusquer la

---

1. *Vous nous en remontrerez à tous* : vous nous donnerez des leçons à tous.

séparation en quittant le lendemain la maison sans la prévenir. Aussi, ce soir-là même, lui donna-t-il son dernier baiser, et à trois heures du matin il fut sur pied.

Ce départ avait attiré sur l'estacade tous les amis du vieux marin. Le curé, qui devait bénir l'union de Marie et de Louis, vint donner une dernière bénédiction au navire. De rudes poignées de main furent silencieusement échangées, et Jean Cornbutte monta à bord.

L'équipage était au complet. André Vasling donna les derniers ordres. Les voiles furent larguées, et le brick s'éloigna rapidement par une bonne brise de nord-ouest, tandis que le curé, debout au milieu des spectateurs agenouillés, remettait ce navire entre les mains de Dieu.

Où va ce navire ? Il suit la route périlleuse sur laquelle se sont perdus tant de naufragés ! Il n'a pas de destination certaine ! Il doit s'attendre à tous les périls et savoir les braver sans hésitation ! Dieu seul sait où il lui sera donné d'aborder ! Dieu le conduise !

3. Lueur d'espoir

À cette époque de l'année, la saison était favorable, et l'équipage put espérer arriver promptement[1] sur le lieu du naufrage.

Le plan de Jean Cornbutte se trouvait naturellement tracé.
Il comptait relâcher[2] aux îles Féroé, où le vent du nord pouvait avoir porté les naufragés ; puis, s'il acquérait la certitude qu'ils n'avaient été recueillis dans aucun port de ces parages, il devait porter ses recherches au-delà de la mer du Nord, fouiller toute la côte occidentale de la Norvège, jusqu'à Bodø, le lieu le plus rapproché du naufrage, et au-delà, s'il le fallait.

André Vasling pensait, contrairement à l'avis du capitaine, que les côtes de l'Islande devaient plutôt être explorées ; mais Penellan fit observer que, lors de la catastrophe, la bourrasque[3] venait de l'ouest, ce qui, tout en donnant l'espoir que les malheureux n'avaient pas été entraînés vers le gouffre du Maëlstrom, permettait de supposer qu'ils s'étaient jetés à la côte de Norvège.

Il fut donc résolu que l'on suivrait ce littoral d'aussi près que possible, afin de reconnaître quelques traces de leur passage.

Le lendemain du départ, Jean Cornbutte, la tête penchée sur une carte, était abîmé[4] dans ses réflexions, quand une

---

1. ***Promptement*** : rapidement.
2. ***Relâcher*** : s'arrêter.
3. ***La bourrasque*** : le vent violent.
4. ***Abîmé*** : perdu, plongé.

petite main s'appuya sur son épaule, et une douce voix lui dit à l'oreille :

«Ayez bon courage, mon oncle!»

Il se retourna et demeura stupéfait. Marie l'entourait de ses bras.

«Marie! ma fille à bord! s'écria-t-il.

— La femme peut bien aller chercher son mari, quand le père s'embarque pour sauver son enfant!

— Malheureuse Marie! Comment supporteras-tu nos fatigues? Sais-tu bien que ta présence peut nuire à nos recherches?

— Non, mon oncle, car je suis forte!

— Qui sait où nous serons entraînés, Marie! Vois cette carte! Nous approchons de ces parages si dangereux, même pour nous autres marins endurcis à toutes les fatigues de la mer! Et toi, faible enfant!

— Mais, mon oncle, je suis d'une famille de marins! Je suis faite aux récits de combats et de tempêtes! Je suis près de vous et de mon vieil ami Penellan!

— Penellan! C'est lui qui t'a cachée à bord!

— Oui, mon oncle, mais seulement quand il a vu que j'étais décidée à le faire sans son aide.

— Penellan!» cria Jean Cornbutte.

Penellan entra.

«Penellan, il n'y a pas à revenir sur ce qui est fait; mais souviens-toi que tu es responsable de l'existence de Marie!

— Soyez tranquille, capitaine, répondit Penellan. La petite a force et courage, et elle nous servira d'ange gardien. Et puis, capitaine, vous connaissez mon idée : tout est pour le mieux dans ce monde.»

La jeune fille fut installée dans une cabine, que les matelots disposèrent pour elle en peu d'instants et qu'ils rendirent aussi confortable que possible.

Huit jours plus tard, *La Jeune Hardie* relâchait aux Féroé; mais les plus minutieuses explorations demeurèrent sans fruit. Aucun naufragé, aucun débris de navire n'avait été recueilli sur les côtes.

La nouvelle même de l'événement y était entièrement inconnue. Le brick reprit donc son voyage, après dix jours de relâche, vers le 10 juin. L'état de la mer était bon, les vents fermes. Le navire fut rapidement poussé vers les côtes de Norvège, qu'il explora sans plus de résultat.

Jean Cornbutte résolut de se rendre à Bodø. Peut-être apprendrait-il là le nom du navire naufragé, au secours duquel s'étaient précipités Louis Cornbutte et ses deux matelots.

Le 30 juin, le brick jetait l'ancre dans ce port.

Là, les autorités remirent à Jean Cornbutte une bouteille trouvée à la côte et qui renfermait un document ainsi conçu :

«Ce 26 avril, à bord du *Froöern*, après avoir été accostés par la chaloupe de *La Jeune Hardie*, nous sommes entraînés par les courants vers les glaces! Dieu ait pitié de nous!»

Le premier mouvement de Jean Cornbutte fut de remercier le Ciel. Il se croyait sur les traces de son fils! Ce *Froöern* était une goélette norvégienne dont on n'avait plus de nouvelles, mais qui avait été évidemment entraînée dans le Nord.

Il n'y avait pas à perdre un jour. *La Jeune Hardie* fut aussitôt mise en état d'affronter les périls des mers polaires. Fidèle Misonne, le charpentier, la visita scrupuleusement et s'assura que sa construction solide pourrait résister au choc des glaçons.

Par les soins de Penellan, qui avait déjà fait la pêche de la baleine dans les mers arctiques, des couvertures de laine, des vêtements fourrés, de nombreux mocassins[1] en peau de

---

1. *Mocassins* : type de chaussures sans lacets.

phoque et le bois nécessaire à la fabrication de traîneaux destinés à courir sur les plaines de glace furent embarqués à bord. On augmenta, sur une grande proportion, les approvisionnements d'esprit-de-vin[1] et de charbon de terre, car il était possible que l'on fût forcé d'hiverner sur quelque point de la côte groenlandaise. On se procura également, à grand prix et à grand-peine, une certaine quantité de citrons, destinés à prévenir ou guérir le scorbut[2], cette terrible maladie qui décime les équipages dans les régions glacées. Toutes les provisions de viandes salées, de biscuits, d'eau-de-vie, augmentées dans une prudente mesure, commencèrent à emplir une partie de la cale du brick, car la cambuse[3] n'y pouvait plus suffire. On se munit également d'une grande quantité de pemmican[4], préparation indienne qui concentre beaucoup d'éléments nutritifs sous un petit volume.

D'après les ordres de Jean Cornbutte, on embarqua à bord de *La Jeune Hardie* des scies, destinées à couper les champs de glace, ainsi que des piques et des coins propres à les séparer. Le capitaine se réserva de prendre, sur la côte groenlandaise, les chiens nécessaires au tirage des traîneaux.

Tout l'équipage fut employé à ces préparatifs et déploya une grande activité. Les matelots Aupic, Gervique et Gradlin suivaient avec empressement les conseils du timonier Penellan, qui, dès ce moment, les engagea à ne point s'habituer aux vêtements de laine, quoique la température fût déjà basse sous ces latitudes, situées au-dessus du cercle polaire.

Penellan observait, sans en rien dire, les moindres actions d'André Vasling. Cet homme, Hollandais d'origine, venait on

---

1. *Esprit-de-vin* : sorte d'alcool à brûler.
2. Due à un manque de vitamines, cette maladie était courante sur les bateaux qui ne pouvaient disposer de produits frais.
3. *Cambuse* : pièce du navire où sont conservées les réserves de nourriture.
4. *Pemmican* : préparation de viande concentrée et séchée.

ne sait d'où, et, bon marin du reste, il avait fait deux voyages à bord de *La Jeune Hardie.* Penellan ne pouvait encore lui rien reprocher, si ce n'est d'être trop empressé auprès de Marie ; mais il le surveillait de près.

Grâce à l'activité de l'équipage, le brick fut armé vers le 16 juillet, quinze jours après son arrivée à Bodø. C'était alors l'époque favorable pour tenter des explorations dans les mers arctiques. Le dégel s'opérait depuis deux mois, et les recherches pouvaient être poussées plus avant. *La Jeune Hardie* appareilla donc et se dirigea sur le cap Brewster, situé sur la côte orientale du Groenland, par le soixante-dixième degré de latitude.

4. Dans les passes

Vers le 23 juillet, un reflet, élevé au-dessus de la mer, annonça les premiers bancs de glace qui, sortant alors du détroit de Davis, se précipitaient dans l'Océan. À partir de ce moment, une surveillance très active fut recommandée aux vigies[1], car il importait de ne point se heurter à ces masses énormes.

L'équipage fut divisé en deux quarts[2] : le premier fut composé de Fidèle Misonne, de Gradlin et de Gervique ; le second, d'André Vasling, d'Aupic et de Penellan. Ces quarts ne devaient durer que deux heures, car, sous ces froides régions, la force de l'homme est diminuée de moitié. Bien que *La Jeune Hardie* ne fût encore que par le soixante-troisième degré de latitude, le thermomètre marquait déjà neuf degrés centigrades au-dessous de zéro.

La pluie et la neige tombaient souvent en abondance. Pendant les éclaircies, quand le vent ne soufflait pas trop violemment, Marie demeurait sur le pont, et ses yeux s'accoutumaient à ces rudes scènes des mers polaires.

Le 1er août, elle se promenait à l'arrière du brick et causait avec son oncle, André Vasling et Penellan. *La Jeune Hardie* entrait alors dans une passe large de trois milles[3], à travers

---

1. Vigies : ici, marins chargés de scruter la mer et d'avertir le capitaine en cas de danger.
2. Quarts : équipes chargées de se relayer en permanence pour assurer les tâches indispensables.
3. Trois milles : environ 5,5 km. Le **mille marin** vaut 1 852 m.

laquelle des trains[1] de glaçons brisés descendaient rapidement vers le sud.

« Quand apercevrons-nous la terre ? demanda la jeune fille.

– Dans trois ou quatre jours au plus tard, répondit Jean Cornbutte.

– Mais y trouverons-nous de nouveaux indices du passage de mon pauvre Louis ?

– Peut-être, ma fille ; mais je crains bien que nous ne soyons encore loin du terme de notre voyage. Il est à redouter que le *Froöern* ait été entraîné plus au nord.

– Cela doit être, ajouta André Vasling, car cette bourrasque qui nous a séparés du navire norvégien a duré trois jours, et en trois jours un navire fait bien de la route, quand il est désemparé[2] au point de ne pouvoir résister au vent !

– Permettez-moi de vous dire, monsieur Vasling, riposta Penellan, que c'était au mois d'avril, que le dégel n'était pas commencé alors, et que, par conséquent, le *Froöern* a dû être arrêté promptement par les glaces…

– Et sans doute brisé en mille pièces, répondit le second, puisque son équipage ne pouvait plus manœuvrer !

– Mais ces plaines de glace, répondit Penellan, lui offraient un moyen facile de gagner la terre, dont il ne pouvait être éloigné.

– Espérons ! dit Jean Cornbutte en interrompant une discussion qui se renouvelait journellement entre le second et le timonier. Je crois que nous verrons la terre avant peu.

– La voilà ! s'écria Marie. Voyez ces montagnes !

– Non, mon enfant, répondit Jean Cornbutte. Ce sont des montagnes de glace, les premières que nous rencontrons.

---

1. *Trains* : suites.
2. *Désemparé* : pour un navire, impossible à diriger.

Elles nous broieraient comme du verre, si nous nous laissions prendre entre elles. Penellan et Vasling, veillez à la manœuvre. »

Ces masses flottantes, dont plus de cinquante apparaissaient à l'horizon, se rapprochèrent peu à peu du brick. Penellan prit le gouvernail, et Jean Cornbutte, monté sur les barres du petit perroquet, indiqua la route à suivre.

Vers le soir, le brick fut tout à fait engagé dans ces écueils mouvants, dont la force d'écrasement est irrésistible. Il s'agissait alors de traverser cette flotte de montagnes, car la prudence commandait de se porter en avant. Une autre difficulté s'ajoutait à ces périls : on ne pouvait constater utilement la direction du navire, tous les points environnants se déplaçant sans cesse et n'offrant aucune perspective stable. L'obscurité s'augmenta bientôt avec le brouillard. Marie descendit dans sa cabine, et, sur l'ordre du capitaine, les huit hommes de l'équipage durent rester sur le pont. Ils étaient armés de longues gaffes[1] garnies de pointes de fer, pour préserver le navire du choc des glaces.

La Jeune Hardie entra bientôt dans une passe si étroite, que souvent l'extrémité de ses vergues[2] fut froissée par les montagnes en dérive, et que ses bouts-dehors[3] durent être rentrés. On fut même obligé d'orienter la grande vergue à toucher les haubans[4]. Heureusement, cette mesure ne fit rien perdre au brick de sa vitesse, car le vent ne pouvait atteindre que les voiles supérieures, et celles-ci suffirent à le pousser rapidement. Grâce à la finesse de sa coque, il s'enfonça dans

---

1. *Gaffes* : perches rigides.
2. *Vergues* : dispositif en forme de large croix fixé sur les mâts afin de tendre les voiles.
3. *Bouts-dehors* : vergues supplémentaires.
4. *Haubans* : cordages fixés au mât.

les vallées qu'emplissaient des tourbillons de pluie, tandis que les glaçons s'entrechoquaient avec de sinistres craquements.

Jean Cornbutte redescendit sur le pont. Ses regards ne pouvaient percer les ténèbres environnantes. Il devint nécessaire de carguer les voiles hautes, car le navire menaçait de toucher, et, dans ce cas, il eût été perdu.

«Maudit voyage! grommelait André Vasling au milieu des matelots de l'avant, qui, la gaffe en main, évitaient les chocs les plus menaçants.

– Le fait est que, si nous en échappons, nous devrons une belle chandelle à Notre-Dame des Glaces! répondit Aupic.

– Qui sait ce qu'il y a de montagnes flottantes à traverser encore? ajouta le second.

– Et qui se doute de ce que nous trouverons derrière? reprit le matelot.

– Ne cause donc pas tant, bavard, dit Gervique, et veille à ton bord. Quand nous serons passés, il sera temps de grogner! Gare à ta gaffe!»

En ce moment, un énorme bloc de glace, engagé dans l'étroite passe que suivait *La Jeune Hardie*, filait rapidement à contre-bord[1], et il parut impossible de l'éviter, car il barrait toute la largeur du chenal, et le brick se trouvait dans l'impossibilité de virer[2].

«Sens-tu la barre? demanda Jean Cornbutte à Penellan.

– Non, capitaine! Le navire ne gouverne plus!

– Ohé! garçons, cria le capitaine à son équipage, n'ayez pas peur, et arc-boutez[3] solidement vos gaffes contre le plat-bord[4]!»

---

1. *À contre-bord* : dans le sens contraire au déplacement du navire.
2. *Virer* : changer de direction.
3. *Arc-boutez* : appuyez.
4. *Plat-bord* : bordure de bois entourant le pont d'un navire.

Le bloc avait soixante pieds[1] de haut à peu près, et, s'il se jetait sur le brick, le brick était broyé. Il y eut un indéfinissable moment d'angoisse, et l'équipage reflua vers l'arrière, abandonnant son poste, malgré les ordres du capitaine.

Mais, au moment où ce bloc n'était plus qu'à une demi-encablure[2] de *La Jeune Hardie*, un bruit sourd se fit entendre, et une véritable trombe d'eau tomba d'abord sur l'avant du navire, qui s'éleva ensuite sur le dos d'une vague énorme.

Un cri de terreur fut jeté par tous les matelots; mais quand leur regards se portèrent vers l'avant, le bloc avait disparu, la passe était libre, et, au-delà, une immense plaine d'eau, éclairée par les derniers rayons du jour, assurait une facile navigation.

«Tout est pour le mieux! s'écria Penellan. Orientons nos huniers et notre misaine!»

Un phénomène, très commun dans ces parages, venait de se produire. Lorsque ces masses flottantes se détachent les unes des autres à l'époque du dégel, elles voguent dans un équilibre parfait; mais, en arrivant dans l'Océan, où l'eau est relativement plus chaude, elles ne tardent pas à se miner à leur base, qui se fond peu à peu et qui d'ailleurs est ébranlée par le choc des autres glaçons. Il vient donc un moment où le centre de gravité de ces masses se trouve déplacé, et alors elles culbutent entièrement. Seulement, si ce bloc se fût retourné deux minutes plus tard, il se précipitait sur le brick et l'effondrait dans sa chute.

---

1. *Soixante pieds* : environ 20 m. Le *pied* est une ancienne unité de mesure de longueur valant 0,3 248 m.
2. *Une demi-encablure* : environ 100 m.

5. L'île Liverpool

Le brick voguait alors dans une mer presque entièrement libre. À l'horizon seulement, une lueur blanchâtre, sans mouvement cette fois, indiquait la présence de plaines immobiles.

Jean Cornbutte se dirigeait toujours sur le cap Brewster et s'approchait déjà des régions où la température est excessivement froide, les rayons du soleil n'y arrivant que très affaiblis par leur obliquité.

Le 3 août, le brick se retrouva en présence de glaces immobiles et unies entre elles. Les passes n'avaient souvent qu'une encablure[1] de largeur, et *La Jeune Hardie* était forcée de faire mille détours qui la présentaient parfois debout au vent[2].

Penellan s'occupait avec un soin paternel de Marie, et, malgré le froid, il l'obligeait à venir tous les jours passer deux ou trois heures sur le pont, car l'exercice devenait une des conditions indispensables de la santé.

Le courage de Marie, d'ailleurs, ne faiblissait pas. Elle réconfortait même les matelots du brick pas ses paroles, et tous éprouvaient pour elle une véritable adoration. André Vasling se montrait plus empressé que jamais, et il recherchait toutes les occasions de s'entretenir avec elle ; mais la jeune fille, par une sorte de pressentiment, n'accueillait ses services qu'avec une certaine froideur. On comprend aisément que

---

1. *Une encablure* : environ 200 m.
2. *Debout au vent* : face au vent.

l'avenir, bien plus que le présent, était l'objet des conversations d'André Vasling, et qu'il ne cachait pas le peu de probabilités qu'offrait le sauvetage des naufragés. Dans sa pensée, leur perte était maintenant un fait accompli, et la jeune fille devait dès lors remettre entre les mains de quelque autre le soin de son existence.

Cependant, Marie n'avait pas encore compris les projets d'André Vasling, car, au grand ennui de ce dernier, ces conversations ne pouvaient se prolonger. Penellan trouvait toujours moyen d'intervenir et de détruire l'effet des propos d'André Vasling par des paroles d'espoir qu'il faisait entendre.

Marie, d'ailleurs, ne demeurait pas inoccupée. D'après les conseils du timonier, elle prépara ses habits d'hiver, et il fallut qu'elle changeât tout à fait son accoutrement. La coupe de ses vêtements de femme ne convenait pas sous ces latitudes froides. Elle se fit donc une espèce de pantalon fourré, dont les pieds étaient garnis de peau de phoque, et ses jupons étroits ne lui vinrent plus qu'à mi-jambe, afin de n'être pas en contact avec ces couches de neige, dont l'hiver allait couvrir les plaines de glace. Une mante[1] en fourrure, étroitement fermée à la taille et garnie d'un capuchon, lui protégea le haut du corps.

Dans l'intervalle de leurs travaux, les hommes de l'équipage se confectionnèrent aussi des vêtements capables de les abriter du froid. Ils firent en grande quantité de hautes bottes en peau de phoque, qui devaient leur permettre de traverser impunément[2] les neiges pendant leurs voyages d'exploration. Ils travaillèrent ainsi tout le temps que dura cette navigation dans les passes.

---

1. *Mante* : manteau de femme très simple, ample et sans manches.
2. *Impunément* : sans dommage.

André Vasling, très adroit tireur, abattit plusieurs fois des oiseaux aquatiques, dont les bandes innombrables voltigeaient autour du navire. Une espèce d'eiderducks[1] et des ptarmigans[2] fournirent à l'équipage une chair excellente, qui le reposa des viandes salées.

Enfin le brick, après mille détours, arriva en vue du cap Brewster. Une chaloupe fut mise à la mer. Jean Cornbutte et Penellan gagnèrent la côte, qui était absolument déserte.

Aussitôt, le brick se dirigea sur l'île Liverpool, découverte, en 1821, par le capitaine Scoresby, et l'équipage poussa des acclamations, en voyant les naturels[3] accourir sur la plage. Les communications s'établirent aussitôt, grâce à quelques mots de leur langue que possédait Penellan et à quelques phrases usuelles, qu'eux-mêmes avaient apprises des baleiniers qui fréquentaient ces parages.

Ces Groenlandais étaient petits et trapus ; leur taille ne dépassait pas quatre pieds dix pouces[4]. Ils avaient le teint rougeâtre, la face ronde et le front bas ; leurs cheveux, plats et noirs, retombaient sur leur dos. Leurs dents étaient gâtées, et ils paraissaient affectés de cette sorte de lèpre particulière aux tribus ichtyophages[5].

En échange de morceaux de fer et de cuivre, dont ils sont extrêmement avides, ces pauvres gens apportaient des fourrures d'ours, des peaux de veaux marins, de chiens marins, de loups de mer et de tous ces animaux généralement compris

---

1. *Eiderducks* (anglicisme) : eiders, canards migrateurs de l'hémisphère Nord.
2. *Ptarmigans* (anglicisme) : sortes de perdrix du Grand Nord, également appelées lagopèdes.
3. *Naturels* : habitants du lieu.
4. *Quatre pieds dix pouces* : environ 1,5 m. Le *pied* et le *pouce* sont d'anciennes mesures de longueur équivalant respectivement à 32 cm et à 2,7 cm.
5. *Ichtyophages* : se nourrissant surtout de poisson.

sous le nom de phoques. Jean Cornbutte obtint à très bas prix ces objets, qui allaient devenir pour lui d'une si grande utilité.

Le capitaine fit alors comprendre aux naturels qu'il était à la recherche d'un navire naufragé, et il leur demanda s'ils n'en avaient pas quelques nouvelles. L'un d'eux traça immédiatement sur la neige une sorte de navire et indiqua qu'un bâtiment de cette espèce avait été, il y a trois mois, emporté dans la direction du nord. Il indiqua aussi que le dégel et la rupture des champs de glace les avaient empêchés d'aller à sa découverte ; en effet, leurs pirogues fort légères, qu'ils manœuvrent à la pagaie, ne pouvaient tenir la mer dans ces conditions.

Ces nouvelles, quoique imparfaites, ramenèrent l'espérance dans le cœur des matelots, et Jean Cornbutte n'eut pas de peine à les entraîner plus avant dans la mer polaire.

Avant de quitter l'île Liverpool, le capitaine fit emplette[1] d'un attelage de six chiens esquimaux, qui se furent bientôt acclimatés à bord. Le navire leva l'ancre le 10 août au matin, et, par une forte brise, il s'enfonça dans les passes du nord.

On était alors parvenu aux plus longs jours de l'année, c'est-à-dire que, sous ces latitudes élevées, le soleil, qui ne se couchait pas, atteignait le plus haut point des spirales qu'il décrivait au-dessus de l'horizon.

Cette absence totale de nuit n'était pourtant pas très sensible, car la brume, la pluie et la neige entouraient parfois le navire de véritables ténèbres.

Jean Cornbutte, décidé à aller aussi avant que possible, commença à prendre ses mesures d'hygiène. L'entrepont[2] fut parfaitement clos, et chaque matin seulement on prit soin d'en renouveler l'air par des courants. Les poêles furent installés, et les tuyaux disposés de façon à donner le plus de

---

1. *Fit emplette* : acheta.
2. *Entrepont* : étage intermédiaire entre le pont et la cale.

chaleur possible. On recommanda aux hommes de l'équipage de ne porter qu'une chemise de laine par-dessus leur chemise de coton, et de fermer hermétiquement leur casaque[1] de peau. Du reste, les feux ne furent pas encore allumés, car il importait de réserver les provisions de bois et de charbon de terre pour les grands froids.

Les boissons chaudes, telles que le café et le thé, furent distribuées régulièrement aux matelots matin et soir, et comme il était utile de se nourrir de viandes, on fit la chasse aux canards et aux sarcelles[2], qui abondent dans ces parages.

Jean Cornbutte installa aussi, au sommet du grand mât, un «nid de corneilles», sorte de tonneau défoncé par un bout, dans lequel se tint constamment une vigie pour observer les plaines de glace.

Deux jours après que le brick eut perdu de vue l'île Liverpool, la température se refroidit subitement sous l'influence d'un vent sec. Quelques indices de l'hiver furent aperçus. *La Jeune Hardie* n'avait pas un moment à perdre, car bientôt la route devait lui être absolument fermée. Elle s'avança donc à travers les passes que laissaient entre elles des plaines ayant jusqu'à trente pieds[3] d'épaisseur.

Le 3 septembre au matin, *La Jeune Hardie* parvint à la hauteur de la baie de Gaël-Hamkes. La terre se trouvait alors à trente milles[4] sous le vent. Ce fut la première fois que le brick s'arrêta devant un banc de glace qui ne lui offrait aucun passage et qui mesurait au moins un mille[5] de largeur. Il fallut donc employer les scies pour couper la glace. Penellan, Aupic

---

1. *Casaque* : veste.
2. *Sarcelles* : oiseaux aquatiques sauvages, proches du canard.
3. *Trente pieds* : environ 10 m.
4. *Trente milles* : 55,56 km.
5. *Un mille* : 1 852 m.

Gradlin et Turquiette furent préposés à la manœuvre de ces scies, qu'on avait installées en dehors du navire. Le tracé des coupures fut fait de telle sorte que le courant pût emporter les glaçons détachés du banc. Tout l'équipage réuni mit près de vingt heures à ce travail. Les hommes éprouvaient une peine extrême à se maintenir sur la glace; souvent ils étaient forcés de se mettre dans l'eau jusqu'à mi-corps, et leurs vêtements de peau de phoque ne les préservaient que très imparfaitement de l'humidité.

D'ailleurs, sous ces latitudes élevées, tout travail excessif est bientôt suivi d'une fatigue absolue, car la respiration manque promptement, et le plus robuste est forcé de s'arrêter souvent.

Enfin, la navigation redevint libre, et le brick fut remorqué au-delà du banc qui l'avait si longtemps retenu.

6. Le tremblement de glaces

Pendant quelques jours encore, *La Jeune Hardie* lutta contre d'insurmontables obstacles. L'équipage eut presque toujours la scie à la main ; souvent même on fut forcé d'employer la poudre pour faire sauter les énormes blocs de
5 glace qui coupaient le chemin.

Le 12 septembre, la mer n'offrit plus qu'une plaine solide, sans issue, sans passe, qui entourait le navire de tous côtés, de sorte qu'il ne pouvait ni avancer ni reculer. La température se maintenait, en moyenne, à seize degrés au-dessous de zéro.
10 Le moment de l'hivernage était donc venu, et la saison d'hiver arrivait avec ses souffrances et ses dangers.

La Jeune Hardie se trouvait alors à peu près par le vingt et unième degré de longitude ouest et le soixante-seizième degré de latitude nord, à l'entrée de la baie de Gaël-Hamkes.

15 Jean Cornbutte fit ses premiers préparatifs d'hivernage. Il s'occupa de trouver une crique dont la position mît son navire à l'abri des coups de vent et des grandes débâcles[1]. La terre, qui devait être à une dizaine de milles[2] dans l'ouest, pouvait seule lui offrir de sûrs abris, qu'il résolut d'aller
20 reconnaître.

Le 12 septembre, il se mit en marche, accompagné d'André Vasling, de Penellan et des deux matelots Gradlin et

---

1. *Débâcles* : périodes de dégel où de gros blocs de glace se brisent et dérivent, risquant de broyer les navires.
2. *Une dizaine de milles* : environ 18 km.

Turquiette. Chacun portait des provisions pour deux jours, car il n'était pas probable que leur excursion se prolongeât au-delà, et ils s'étaient munis de peaux de buffle, sur lesquelles ils devaient se coucher.

La neige, qui avait tombé en grande abondance et dont la surface n'était pas gelée, les retarda considérablement. Ils enfonçaient souvent jusqu'à mi-corps, et ne pouvaient, d'ailleurs, s'avancer qu'avec une extrême prudence, s'ils ne voulaient pas tomber dans les crevasses. Penellan, qui marchait en tête, sondait soigneusement chaque dépression[1] du sol avec son bâton ferré.

Vers les cinq heures du soir, la brume commença à s'épaissir, et la petite troupe dut s'arrêter. Penellan s'occupa de chercher un glaçon qui pût les abriter du vent ; après s'être un peu restaurés, tout en regrettant de ne pas avoir quelque chaude boisson, ils étendirent leur peau de buffle sur la neige, s'en enveloppèrent, se serrèrent les uns près des autres, et le sommeil l'emporta bientôt sur la fatigue.

Le lendemain matin, Jean Cornbutte et ses compagnons étaient ensevelis sous une couche de neige de plus d'un pied[2] d'épaisseur. Heureusement leurs peaux, parfaitement imperméables, les avaient préservés, et cette neige avait même contribué à conserver leur propre chaleur, qu'elle empêchait de rayonner au-dehors.

Jean Cornbutte donna aussitôt le signal du départ, et, vers midi, ses compagnons et lui aperçurent enfin la côte, qu'ils eurent d'abord quelque peine à distinguer. De hauts blocs de glace, taillés perpendiculairement, se dressaient sur le rivage ; leurs sommets variés, de toutes formes et de toutes tailles, reproduisaient en grand les phénomènes de la cristallisation.

---

1. *Dépression* : creux.
2. *De plus d'un pied* : de plus de 30 cm.

Des myriades[1] d'oiseaux aquatiques s'envolèrent à l'approche des marins, et les phoques, qui étaient étendus paresseusement sur la glace, plongèrent avec précipitation.

«Ma foi! dit Penellan, nous ne manquerons ni de fourrures ni de gibier!

– Ces animaux-là, répondit Jean Cornbutte, ont l'air d'avoir reçu déjà la visite des hommes, car, dans des parages entièrement inhabités, ils ne seraient pas si sauvages.

– Il n'y a que des Groënlandais qui fréquentent ces terres, répliqua André Vasling.

– Je ne vois cependant aucune trace de leur passage, ni le moindre campement, ni la moindre hutte! répondit Penellan, en gravissant un pic élevé. – Ohé! capitaine, s'écria-t-il, venez donc! J'aperçois une pointe de terre qui nous préservera joliment des vents du nord-est.

– Par ici, mes enfants», dit Jean Cornbutte.

Ses compagnons le suivirent, et tous rejoignirent bientôt Penellan. Le marin avait dit vrai. Une pointe de terre assez élevée s'avançait comme un promontoire, et, en se recourbant vers la côte, elle formait une petite baie d'un mille[2] de profondeur au plus. Quelques glaces mouvantes, brisées par cette pointe, flottaient au milieu, et la mer, abritée contre les vents les plus froids, ne se trouvait pas encore entièrement prise.

Ce lieu d'hivernage était excellent. Restait à y conduire le navire. Or, Jean Cornbutte remarqua que la plaine de glace avoisinante était d'une grande épaisseur; il paraissait fort difficile, dès lors, de creuser un canal pour conduire le brick à sa destination. Il fallait donc chercher quelque autre crique; mais ce fut en vain que Jean Cornbutte s'avança vers le nord.

---

1. *Des myriades* : des dizaines de milliers.
2. *Un mille* : 1 852 m.

La côte restait droite et abrupte sur une grande longueur, et, au-delà de la pointe, elle se trouvait directement exposée aux coups de vent de l'est. Cette circonstance déconcerta le capitaine, d'autant plus qu'André Vasling fit valoir combien la situation était mauvaise en s'appuyant sur des raisons péremptoires[1]. Penellan eut beaucoup de peine à se prouver à lui-même que, dans cette conjoncture[2], tout fût pour le mieux.

Le brick n'avait donc plus que la chance de trouver un lieu d'hivernage sur la partie méridionale[3] de la côte. C'était revenir sur ses pas, mais il n'y avait pas à hésiter. La petite troupe reprit donc le chemin du navire et marcha rapidement, car les vivres commençaient à manquer. Jean Cornbutte chercha, tout le long de la route, quelque passe qui fût praticable, ou au moins quelque fissure qui permît de creuser un canal à travers la plaine de glace, mais en vain.

Vers le soir, les marins arrivèrent près du glaçon où ils avaient campé pendant l'autre nuit. La journée s'était passée sans neige, et ils purent encore reconnaître l'empreinte de leurs corps sur la glace. Tout était donc disposé pour leur coucher, et ils s'étendirent sur leur peau de buffle.

Penellan, très contrarié de l'insuccès de son exploration, dormait assez mal, quand, dans un moment d'insomnie, son attention fut attirée par un roulement sourd. Il prêta l'oreille à ce bruit, et ce roulement lui parut tellement étrange, qu'il poussa du coude Jean Cornbutte.

«Qu'est-ce que c'est? demanda celui-ci, qui, suivant l'habitude du marin, eut l'intelligence aussi rapidement éveillée que le corps.

---

1. *Péremptoires* : indiscutables.
2. *Conjoncture* : situation.
3. *Méridionale* : sud.

– Écoutez, capitaine ! » répondit Penellan.

Le bruit augmentait avec une violence sensible.

« Ce ne peut être le tonnerre, sous une latitude si élevée !
115 dit Jean Cornbutte en se levant.

– Je crois que nous avons plutôt affaire à une bande d'ours blancs ! répondit Penellan.

– Diable ! nous n'en avons pas encore aperçu, cependant.

– Un peu plus tôt, un peu plus tard, répondit Penellan,
120 nous devons nous attendre à leur visite. Commençons par bien les recevoir. »

Penellan, armé d'un fusil, gravit lestement[1] le bloc qui les abritait. L'obscurité étant fort épaisse et le temps couvert, il ne put rien découvrir ; mais un incident nouveau lui prouva
125 bientôt que la cause de ce bruit ne venait pas des environs. Jean Cornbutte le rejoignit, et ils remarquèrent avec effroi que ce roulement, dont l'intensité réveilla leurs compagnons, se produisait sous leurs pieds.

Un péril d'une nouvelle sorte venait les menacer. À ce
130 bruit, qui ressembla bientôt aux éclats du tonnerre, se joignit un mouvement d'ondulation très prononcé du champ de glace. Plusieurs matelots perdirent l'équilibre et tombèrent.

« Attention ! cria Penellan.

– Oui ! lui répondit-on.

135 – Turquiette ! Gradlin ! Où êtes-vous ?

– Me voici ! répondit Turquiette, secouant la neige dont il était couvert.

– Par ici, Vasling, cria Jean Cornbutte au second. Et Gradlin ?

140 – Présent, capitaine… Mais nous sommes perdus ! s'écria Gradlin avec effroi.

---

1. *Lestement* : avec souplesse et rapidité.

– Eh non! fit Penellan. Nous sommes peut-être sauvés!»

À peine achevait-il ces mots, qu'un craquement effroyable se fit entendre. La plaine de glace se brisa tout entière, et les matelots durent se cramponner au bloc qui oscillait auprès d'eux. En dépit des paroles du timonier, ils se trouvaient dans une position excessivement périlleuse, car un tremblement venait de se produire. Les glaçons venaient «de lever l'ancre», suivant l'expression des marins. Ce mouvement dura près de deux minutes, et il était à craindre qu'une crevasse ne s'ouvrît sous les pieds mêmes des malheureux matelots! Aussi attendirent-ils le jour au milieu de transes[1] continuelles, car ils ne pouvaient, sous peine de périr, se hasarder à faire un pas, et ils demeurèrent étendus de tout leur long pour éviter d'être engloutis.

Aux premières lueurs du jour, un tableau tout différent s'offrit à leurs yeux. La vaste plaine, unie la veille, se trouvait disjointe en mille endroits, et les flots, soulevés par quelque commotion[2] sous-marine, avaient brisé la couche épaisse qui les recouvrait.

La pensée de son brick se présenta à l'esprit de Jean Cornbutte.

«Mon pauvre navire! s'écria-t-il. Il doit être perdu!»

Le plus sombre désespoir commença à se peindre sur la figure de ses compagnons. La perte du navire entraînait inévitablement leur mort prochaine.

«Courage! mes amis, reprit Penellan. Songez donc que le tremblement de cette nuit nous a ouvert un chemin à travers les glaces, qui permettra de conduire notre brick à la baie d'hivernage! Eh! tenez, je ne me trompe pas! *La Jeune Hardie*, la voilà, plus rapprochée de nous d'un mille[3]!»

---

1. *Transes* : ici, frissons d'angoisse.
2. *Commotion* : choc.
3. *Un mille* : 1852 m.

Tous se précipitèrent en avant, et si imprudemment, que Turquiette glissa dans une fissure et eût infailliblement péri, si Jean Cornbutte ne l'eût pas rattrapé par son capuchon. Il en fut quitte pour un bain un peu froid.

Effectivement, le brick flottait à deux milles[1] au vent. Après des peines infinies, la petite troupe l'atteignit. Le brick était en bon état ; mais son gouvernail, que l'on avait négligé d'enlever, avait été brisé par les glaces.

---

1. *Deux milles* : environ 4 km.

7. Les installations de l'hivernage

Penellan avait encore une fois raison; tout était pour le mieux, et ce tremblement de glaces avait ouvert au navire une route praticable jusqu'à la baie. Les marins n'eurent plus qu'à disposer habilement des courants pour y diriger les glaçons
5 de manière à se frayer une route.

Le 19 septembre, le brick fut enfin établi, à deux encablures[1] de terre, dans sa baie d'hivernage, et solidement ancré sur un bon fond. Dès le jour suivant, la glace s'était déjà formée autour de sa coque; bientôt elle devint assez forte
10 pour supporter le poids d'un homme, et la communication put s'établir directement avec la terre.

Suivant l'habitude des navigateurs arctiques, le gréement[2] resta tel qu'il était; les voiles furent soigneusement repliées sur les vergues et garnies de leur étui, et le nid de corneilles
15 demeura en place, autant pour permettre d'observer au loin que pour attirer l'attention sur le navire.

Déjà le soleil s'élevait à peine au-dessus de l'horizon. Depuis le solstice de juin[3], les spirales qu'il avait décrites s'étaient de plus en plus abaissées, et bientôt il devait dispa-
20 raître tout à fait.

L'équipage se hâta de faire ses préparatifs; Penellan en fut le grand ordonnateur. La glace se fut bientôt épaissie autour

---

1. Deux encablures : environ 400 m.
2. Gréement : ici, mâture du navire.
3. Solstice de juin : solstice d'été, ce qui correspond au jour le plus long de l'année dans l'hémisphère Nord (21 ou 22 juin).

du navire, et il était à craindre que sa pression ne fût dangereuse ; mais Penellan attendit que, par suite du va-et-vient des glaçons flottants et de leur adhérence, elle eût atteint une vingtaine de pieds[1] d'épaisseur. Il la fit alors tailler en biseau autour de la coque, si bien qu'elle se rejoignit sous le navire, dont elle prit la forme ; enclavé[2] dans un lit, le brick n'eut plus à craindre dès lors la pression des glaces, qui ne pouvaient faire aucun mouvement.

Les marins élevèrent ensuite le long des préceintes[3], et jusqu'à la hauteur des bastingages[4], une muraille de neige de cinq à six pieds[5] d'épaisseur, qui ne tarda pas à se durcir comme un roc. Cette enveloppe ne permettait pas à la chaleur intérieure de rayonner au-dehors. Une tente de toile, recouverte de peaux et hermétiquement fermée, fut étendue sur toute la longueur du pont et forma une espèce de promenoir pour l'équipage.

On construisit également à terre un magasin de neige, dans lequel on entassa les objets qui embarrassaient le navire. Les cloisons des cabines furent démontées de manière à ne plus former qu'une vaste chambre à l'avant comme à l'arrière. Cette pièce unique était, d'ailleurs, plus facile à réchauffer, car la glace et l'humidité trouvaient moins de coins pour s'y blottir. Il fut également plus aisé de l'aérer convenablement, au moyen de manches en toile qui s'ouvraient au-dehors.

Chacun déploya une extrême activité dans ces divers préparatifs, et, vers le 25 septembre, ils furent entièrement terminés. André Vasling ne s'était pas montré le moins habile à ces

---

1. *Une vingtaine de pieds* : environ 6,5 m.
2. *Enclavé* : contenu, enfermé.
3. *Préceintes* : renforts de bois épais qui entourent un navire.
4. *Bastingages* : garde-corps.
5. *De cinq à six pieds* : d'environ 1,80 m.

divers aménagements. Il déploya surtout un empressement trop grand à s'occuper de la jeune fille, et, si celle-ci, toute à la pensée de son pauvre Louis, ne s'en aperçut pas, Jean Cornbutte comprit bientôt ce qui en était. Il en causa avec Penellan; il se rappela plusieurs circonstances qui l'éclairèrent tout à fait sur les intentions de son second : André Vasling aimait Marie et comptait la demander à son oncle, dès qu'il ne serait plus permis de douter de la mort des naufragés; on s'en retournerait alors à Dunkerque, et André Vasling s'accommoderait très bien d'épouser une fille jolie et riche, qui serait l'unique héritière de Jean Cornbutte.

Seulement, dans son impatience, André Vasling manqua souvent d'habileté; il avait plusieurs fois déclaré inutiles les recherches entreprises pour retrouver les naufragés, et souvent un indice nouveau venait lui donner un démenti, que Penellan prenait du plaisir à faire ressortir. Aussi le second détestait-il cordialement le timonier, qui le lui rendait avec du retour. Ce dernier ne craignait qu'une chose, c'était qu'André Vasling ne parvînt à jeter quelque germe de dissension[1] dans l'équipage, et il engagea Jean Cornbutte à ne lui répondre qu'évasivement à la première occasion.

Lorsque les préparatifs d'hivernage furent terminés, le capitaine prit diverses mesures propres à conserver la santé de son équipage. Tous les matins, les hommes eurent ordre d'aérer les logements et d'essuyer soigneusement les parois intérieures, pour les débarrasser de l'humidité de la nuit. Ils reçurent, matin et soir, du thé ou du café brûlant, ce qui est un des meilleurs cordiaux[2] à employer contre le froid; puis ils furent divisés en quarts de chasseurs, qui devaient, autant que

---

1. *Germe de dissension* : début de désaccord.
2. *Cordiaux* : breuvages stimulants.

possible, procurer chaque jour une nourriture fraîche à l'ordinaire du bord.

Chacun dut prendre aussi, tous les jours, un exercice salutaire, et ne pas s'exposer sans mouvement à la température, car, par des froids de trente degrés au-dessous de zéro, il pouvait arriver que quelque partie du corps se gelât subitement. On devait, dans ce cas, avoir recours aux frictions de neige, qui seules pouvaient sauver la partie malade.

Penellan recommanda fortement aussi l'usage des ablutions froides[1], chaque matin. Il fallait un certain courage pour se plonger les mains et la figure dans la neige, que l'on faisait dégeler à l'intérieur. Mais Penellan donna bravement l'exemple, et Marie ne fut pas la dernière à l'imiter.

Jean Cornbutte n'oublia pas non plus les lectures et les prières, car il s'agissait de ne pas laisser dans le cœur place au désespoir ou à l'ennui. Rien n'est plus dangereux sous ces latitudes désolées.

Le ciel, toujours sombre, remplissait l'âme de tristesse. Une neige épaisse, fouettée par des vents violents, ajoutait à l'horreur accoutumée. Le soleil allait disparaître bientôt. Si les nuages n'eussent pas été amoncelés sur la tête des navigateurs, ils auraient pu jouir de la lumière de la lune, qui allait devenir véritablement leur soleil pendant cette longue nuit des pôles; mais, avec ces vents d'ouest, la neige ne cessa pas de tomber. Chaque matin, il fallait déblayer les abords du navire et tailler de nouveau dans la glace un escalier qui permît de descendre sur la plaine. On y réussissait facilement avec des couteaux à neige; une fois les marches découpées, on jetait un peu d'eau à leur surface, et elles se durcissaient immédiatement.

---

1. ***Des ablutions froides*** : des toilettes à l'eau froide.

Penellan fit aussi creuser un trou dans la glace, non loin du navire. Tous les jours on brisait la nouvelle croûte qui se formait à sa partie supérieure, et l'eau que l'on y puisait à une certaine profondeur était moins froide qu'à la surface.

Tous ces préparatifs durèrent environ trois semaines. Il fut alors question de pousser les recherches plus avant. Le navire était emprisonné pour six ou sept mois, et le prochain dégel pouvait seul lui ouvrir une nouvelle route à travers les glaces. Il fallait donc profiter de cette immobilité forcée pour diriger des explorations dans le nord.

8. Plan d'explorations

Le 9 octobre, Jean Cornbutte tint conseil pour dresser le plan de ses opérations, et, afin que la solidarité augmentât le zèle et le courage de chacun, il y admit tout l'équipage. La carte en main, il exposa nettement la situation présente.

5 La côte orientale du Groenland s'avance perpendiculairement vers le nord. Les découvertes des navigateurs ont donné la limite exacte de ces parages. Dans cet espace de cinq cents lieues[1] qui sépare le Groenland du Spitzberg, aucune terre n'avait encore été reconnue. Une seule île, l'île Shannon, se
10 trouvait à une centaine de milles[2] dans le nord de la baie de Gaël-Hamkes, où *La Jeune Hardie* allait hiverner.

Si donc le navire norvégien, suivant toutes les probabilités, avait été entraîné dans cette direction, en supposant qu'il n'eût pu atteindre l'île Shannon, c'était là que Louis Cornbutte
15 et les naufragés avaient dû chercher asile pour l'hiver.

Cet avis prévalut malgré l'opposition d'André Vasling, et il fut décidé que l'on dirigerait les explorations du côté de l'île Shannon.

Les dispositions furent immédiatement commencées. On
20 s'était procuré, sur la côte de Norvège, un traîneau fait à la manière des Esquimaux, construit en planches recourbées à l'avant et à l'arrière, et qui fût propre à glisser sur la neige et

---

1. *De cinq cents lieues* : de 2 800 km environ. La *lieue marine* équivaut à trois milles marins, soit 5,56 km.
2. *Une centaine de milles* : environ 185 km.

sur la glace. Il avait douze pieds de long sur quatre de large[1], et pouvait, en conséquence, porter des provisions pour plusieurs semaines au besoin. Fidèle Misonne l'eut bientôt mis en état, et il y travailla dans le magasin de neige, où ses outils avaient été transportés. Pour la première fois, on établit un poêle à charbon dans ce magasin, car tout travail y eût été impossible sans cela. Le tuyau du poêle sortait par un des murs latéraux, au moyen d'un trou percé dans la neige ; mais il résultait un grave inconvénient de cette disposition, car la chaleur du tuyau faisait fondre peu à peu la neige à l'endroit où il était en contact avec elle, et l'ouverture s'agrandissait sensiblement. Jean Cornbutte imagina d'entourer cette portion du tuyau d'une toile métallique, dont la propriété est d'empêcher la chaleur de passer. Ce qui réussit complètement.

Pendant que Misonne travaillait au traîneau, Penellan, aidé de Marie, préparait les vêtements de rechange pour la route. Les bottes de peau de phoque étaient heureusement en grand nombre. Jean Cornbutte et André Vasling s'occupèrent des provisions ; ils choisirent un petit baril d'esprit-de-vin, destiné à chauffer un réchaud portatif ; des réserves de thé et de café furent prises en quantité suffisante ; une petite caisse de biscuits, deux cents livres[2] de pemmican et quelques gourdes d'eau-de-vie complétèrent la partie alimentaire. La chasse devait fournir chaque jour des provisions fraîches. Une certaine quantité de poudre fut divisée dans plusieurs sacs. La boussole, le sextant[3] et la longue-vue furent mis à l'abri de tout choc.

---

1. *Il avait douze pieds de long sur quatre de large* : il mesurait environ 4 m de long sur 1,3 m de large.
2. *Deux cents livres* : environ 100 kg. La *livre* est une ancienne unité de masse équivalant à environ 500 g.
3. *Sextant* : instrument de navigation.

Le 11 octobre, le soleil ne reparut pas au-dessus de l'horizon. On fut obligé d'avoir une lampe continuellement allumée dans le logement de l'équipage. Il n'y avait pas de temps à perdre ; il fallait commencer les explorations, et voici pourquoi :

Au mois de janvier, le froid deviendrait tel qu'il ne serait plus possible de mettre le pied dehors, sans péril pour la vie. Pendant deux mois au moins, l'équipage serait condamné au casernement[1] le plus complet ; le dégel commencerait ensuite et se prolongerait jusqu'à l'époque où le navire devait quitter les glaces. Ce dégel empêcherait forcément toute exploration. D'un autre côté, si Louis Cornbutte et ses compagnons existaient encore, il n'était pas probable qu'ils pussent résister aux rigueurs d'un hiver arctique. Il fallait donc les sauver auparavant, ou tout espoir serait perdu.

André Vasling savait tout cela mieux que personne. Aussi résolut-il d'apporter de nombreux obstacles à cette expédition.

Les préparatifs du voyage furent achevés vers le 20 octobre. Il s'agit alors de choisir les hommes qui en feraient partie. La jeune fille ne devait pas quitter la garde de Jean Cornbutte ou de Penellan. Or, ni l'un ni l'autre ne pouvaient manquer à la caravane.

La question fut donc de savoir si Marie pourrait supporter les fatigues d'un pareil voyage. Jusqu'ici elle avait passé par de rudes épreuves, sans trop en souffrir ; c'était une fille de marin, habituée dès son enfance aux fatigues de la mer, et vraiment Penellan ne s'effrayait pas trop de la voir, au milieu de ces climats affreux, luttant contre les dangers des mers polaires.

---

1. *Au casernement* : à l'enfermement.

On décida donc, après de longues discussions, que la jeune fille accompagnerait l'expédition, et qu'il lui serait, au besoin, réservé une place dans le traîneau, sur lequel on construisit une petite hutte en bois, hermétiquement fermée.
Quant à Marie, elle fut au comble de ses vœux, car il lui répugnait d'être éloignée de ses deux protecteurs.

L'expédition fut donc ainsi formée : Marie, Jean Cornbutte, Penellan, André Vasling, Aupic et Fidèle Misonne. Alain Turquiette demeura spécialement chargé de la garde du brick, sur lequel restaient Gervique et Gradlin. De nouvelles provisions de toutes sortes furent emportées, car Jean Cornbutte, afin de pousser l'exploration aussi loin que possible, avait résolu de faire des dépôts le long de sa route, tous les sept ou huit jours de marche. Dès que le traîneau fut prêt, on le chargea immédiatement, et il fut recouvert d'une tente de peaux de buffle. Le tout formait un poids d'environ sept cents livres[1], qu'un attelage de cinq chiens pouvait aisément traîner sur la glace.

Le 22 octobre, suivant les prévisions du capitaine, un changement soudain se manifesta dans la température. Le ciel s'éclaircit, les étoiles jetèrent un éclat extrêmement vif, et la lune brilla au-dessus de l'horizon pour ne plus le quitter pendant une quinzaine de jours. Le thermomètre était descendu à vingt-cinq degrés au-dessous de zéro.

Le départ fut fixé au lendemain.

---

1. *Sept cents livres* : environ 350 kg.

9. La maison de neige

Le 23 octobre, à onze heures du matin, par une belle lune, la caravane se mit en marche. Les précautions étaient prises, cette fois, de façon que le voyage pût se prolonger longtemps, s'il le fallait. Jean Cornbutte suivit la côte, en remontant vers le nord. Les pas des marcheurs ne laissaient aucune trace sur cette glace résistante. Aussi Jean Cornbutte fut-il obligé de se guider au moyen de points de repère qu'il choisit au loin; tantôt il marchait sur une colline toute hérissée de pics, tantôt sur un énorme glaçon que la pression avait soulevé au-dessus de la plaine.

À la première halte, après une quinzaine de milles[1], Penellan fit les préparatifs d'un campement. La tente fut adossée à un bloc de glaces. Marie n'avait pas trop souffert de ce froid rigoureux, car, par bonheur, la brise s'étant calmée, il était beaucoup plus supportable; mais, plusieurs fois, la jeune fille avait dû descendre de son traîneau pour empêcher que l'engourdissement n'arrêtât chez elle la circulation du sang. D'ailleurs, sa petite hutte, tapissée de peaux par les soins de Penellan, offrait tout le confortable possible.

Quand la nuit, ou plutôt quand le moment du repos arriva, cette petite hutte fut transportée sous la tente, où elle servit de chambre à coucher à la jeune fille. Le repas du soir se composa de viande fraîche, de pemmican et de thé chaud. Jean Cornbutte, pour prévenir les funestes effets du scorbut,

---

1. *Une quinzaine de milles* : environ 28 km.

fit distribuer à tout son monde quelques gouttes de jus de citron. Puis, tous s'endormirent à la garde de Dieu.

Après huit heures de sommeil, chacun reprit son poste de marche. Un déjeuner substantiel[1] fut fourni aux hommes et aux chiens, puis on partit. La glace, excessivement unie, permettait à ces animaux d'enlever le traîneau avec une grande facilité. Les hommes, quelquefois, avaient de la peine à le suivre.

Mais un mal dont plusieurs marins eurent bientôt à souffrir, ce fut l'éblouissement. Des ophtalmies[2] se déclarèrent chez Aupic et Misonne. La lumière de la lune, frappant sur ces immenses plaines blanches, brûlait la vue et causait aux yeux une cuisson insupportable.

Il se produisait aussi un effet de réfraction[3] excessivement curieux. En marchant, au moment où l'on croyait mettre le pied sur un monticule, on tombait plus bas, ce qui occasionnait souvent des chutes, heureusement sans gravité, et que Penellan tournait en plaisanterie. Néanmoins il recommanda de ne jamais faire un pas sans sonder le sol avec le bâton ferré dont chacun était muni.

Vers le 1er novembre, dix jours après le départ, la caravane se trouvait à une cinquantaine de lieues[4] dans le nord. La fatigue devenait extrême pour tout le monde. Jean Cornbutte éprouvait des éblouissements terribles, et sa vue s'altérait sensiblement. Aupic et Fidèle Misonne ne marchaient plus qu'en tâtonnant, car leurs yeux, bordés de rouge, semblaient brûlés par la réflexion[5] blanche. Marie avait été préservée de ces

---

1. *Substantiel* : nourrissant.
2. *Ophtalmies* : douleurs aux yeux.
3. *Réfraction* : déviation des rayons lumineux.
4. *Une cinquantaine de lieues* : environ 200 km. La *lieue* correspond ici à l'ancienne mesure itinéraire équivalant à environ 4 km.
5. *La réflexion* : le reflet de la lumière.

accidents par suite de son séjour dans la hutte, qu'elle habitait le plus possible. Penellan, soutenu par un indomptable courage, résistait à toutes ces fatigues. Celui qui, au surplus,
55 se portait le mieux et sur lequel ces douleurs, ce froid, cet éblouissement ne semblaient avoir aucune prise, c'était André Vasling. Son corps de fer était fait à toutes ces fatigues ; il voyait alors avec plaisir le découragement gagner les plus robustes, et il prévoyait déjà le moment prochain où il fau-
60 drait revenir en arrière.

Or, le 1er novembre, par suite des fatigues, il devint indispensable de s'arrêter pendant un jour ou deux.

Dès que le lieu du campement fut choisi, on procéda à son installation. On résolut de construire une maison de neige,
65 que l'on appuierait contre une des roches du promontoire. Fidèle Misonne en traça immédiatement les fondements, qui mesuraient quinze pieds de long sur cinq de large [1]. Penellan, Aupic, Misonne, à l'aide de leurs couteaux, découpèrent de vastes blocs de glace qu'ils apportèrent au lieu désigné, et ils
70 les dressèrent, comme des maçons eussent fait de murailles en pierre. Bientôt la paroi du fond fut élevée à cinq pieds [2] de hauteur avec une épaisseur à peu près égale, car les matériaux ne manquaient pas, et il importait que l'ouvrage fût assez solide pour durer quelques jours. Les quatre murailles furent
75 terminées en huit heures à peu près ; une porte avait été ménagée du côté du sud, et la toile de la tente, qui fut posée sur ces quatre murailles, retomba du côté de la porte, qu'elle masqua. Il ne s'agissait plus que de recouvrir le tout de larges blocs, destinés à former le toit de cette construction
80 éphémère.

---

1. *Quinze pieds de long sur cinq de large* : environ 5 m de long sur 1,5 m de large.
2. *Cinq pieds* : environ 1,5 m.

Après trois heures d'un travail pénible, la maison fut achevée, et chacun s'y retira, en proie à la fatigue et au découragement. Jean Cornbutte souffrait au point de ne pouvoir faire un seul pas, et André Vasling exploita si bien sa douleur qu'il lui arracha la promesse de ne pas porter ses recherches plus avant dans ces affreuses solitudes.

Penellan ne savait plus à quel saint se vouer. Il trouvait indigne et lâche d'abandonner ses compagnons sur des présomptions sans portée[1]. Aussi cherchait-il à les détruire, mais ce fut en vain.

Cependant, quoique le retour eût été décidé, le repos était devenu si nécessaire que, pendant trois jours, on ne fit aucun préparatif de départ.

Le 4 novembre, Jean Cornbutte commença à faire enterrer sur un point de la côte les provisions qui ne lui étaient pas nécessaires. Une marque indiqua le dépôt, pour le cas improbable où de nouvelles explorations l'entraîneraient de ce côté.

Tous les quatre jours de marche, il avait laissé de semblables dépôts le long de sa route, – ce qui lui assurait des vivres pour le retour, sans qu'il eût la peine de les transporter sur son traîneau.

Le départ fut fixé à dix heures du matin, le 5 novembre. La tristesse la plus profonde s'était emparée de la petite troupe. Marie avait peine à retenir ses larmes, en voyant son oncle tout découragé. Tant de souffrances inutiles ! tant de travaux perdus ! Penellan, lui, devenait d'une humeur massacrante ; il donnait tout le monde au diable[2] et ne cessait, à chaque occasion, de se fâcher contre la faiblesse et la lâcheté de ses compagnons, plus timides et plus fatigués, disait-il, que Marie, laquelle aurait été au bout du monde sans se plaindre.

---

1. *Des présomptions sans portée* : des suppositions sans preuves.
2. *Donnait tout le monde au diable* : repoussait tout le monde avec dureté, colère.

André Vasling ne pouvait pas dissimuler le plaisir que lui causait cette détermination. Il se montra plus empressé que jamais près de la jeune fille, à laquelle il fit même espérer que de nouvelles recherches seraient entreprises après l'hiver, sachant bien qu'elles seraient alors trop tardives !

10. Enterrés vivants

La veille du départ, au moment du souper, Penellan était occupé à briser des caisses vides pour en fourrer les débris dans le poêle, quand il fut suffoqué tout à coup par une fumée épaisse. Au même moment, la maison de neige fut comme ébranlée par un tremblement de terre. Chacun poussa un cri de terreur, et Penellan se précipita au-dehors.

Il faisait une obscurité complète. Une tempête effroyable, car ce n'était pas un dégel, éclatait dans ces parages. Des tourbillons de neige s'abattaient avec une violence extrême, et le froid était tellement violent que le timonier sentit ses mains se geler rapidement. Il fut obligé de rentrer, après s'être vivement frotté avec de la neige.

«Voici la tempête, dit-il. Fasse le Ciel que notre maison résiste, car, si l'ouragan la détruisait, nous serions perdus!»

En même temps que les rafales se déchaînaient dans l'air, un bruit effroyable se produisait sous le sol glacé; les glaçons, brisés à la pointe du promontoire, se heurtaient avec fracas et se précipitaient les uns sur les autres; le vent soufflait avec une telle force, qu'il semblait parfois que la maison entière se déplaçait; des lueurs phosphorescentes, inexplicables sous ces latitudes, couraient à travers le tourbillon des neiges.

«Marie, Marie! s'écria Penellan, en saisissant les mains de la jeune fille.

– Nous voilà mal pris! dit Fidèle Misonne.

– Et je ne sais si nous en réchapperons! répliqua Aupic.

– Quittons cette maison de neige! dit André Vasling.

– C'est impossible! répondit Penellan. Le froid est épouvantable au-dehors, tandis que nous pourrons peut-être le braver en demeurant ici!

– Donnez-moi le thermomètre», dit André Vasling.

Aupic lui passa l'instrument, qui marquait dix degrés au-dessous de zéro, à l'intérieur, bien que le feu fût allumé. André Vasling souleva la toile qui retombait devant l'ouverture et le glissa au-dehors avec précipitation, car il eût été meurtri par des éclats de glace que le vent soulevait et qui se projetaient en une véritable grêle.

«Eh bien, monsieur Vasling, dit Penellan, voulez-vous encore sortir?... Vous voyez bien que c'est ici que nous sommes le plus en sûreté!

– Oui, ajouta Jean Cornbutte, et nous devons employer tous nos efforts à consolider intérieurement cette maison.

– Mais il est un danger plus terrible encore, qui nous menace! dit André Vasling.

– Lequel? demanda Jean Cornbutte.

– C'est que le vent brise la glace sur laquelle nous reposons, comme il a brisé les glaçons du promontoire, et que nous soyons entraînés ou submergés!

– Cela me paraît difficile, répondit Penellan, car il gèle de manière à glacer toutes les surfaces liquides!... Voyons quelle est la température.»

Il souleva la toile de manière à ne passer que le bras, et eut quelque peine à retrouver le thermomètre, au milieu de la neige; mais enfin il parvint à le saisir, et, l'approchant de la lampe, il dit:

«Trente-deux degrés au-dessous de zéro! C'est le plus grand froid que nous ayons éprouvé jusqu'ici!

– Encore dix degrés, ajouta André Vasling, et le mercure gèlera!»

Un morne silence suivit cette réflexion.

Vers huit heures du matin, Penellan essaya une seconde fois de sortir, pour juger de la situation. Il fallait, d'ailleurs, donner une issue à la fumée, que le vent avait plusieurs fois repoussée dans l'intérieur de la hutte. Le marin ferma très hermétiquement ses vêtements, assura[1] son capuchon sur sa tête au moyen d'un mouchoir, et souleva la toile.

L'ouverture était entièrement obstruée par une neige résistante. Penellan prit son bâton ferré et parvint à l'enfoncer dans cette masse compacte; mais la terreur glaça son sang, quand il sentit que l'extrémité de son bâton n'était pas libre et s'arrêtait sur un corps dur!

«Cornbutte! dit-il au capitaine, qui s'était approché de lui, nous sommes enterrés sous cette neige!

— Que dis-tu? s'écria Jean Cornbutte.

— Je dis que la neige s'est amoncelée et glacée autour de nous et sur nous, que nous sommes ensevelis vivants!

— Essayons de repousser cette masse de neige», répondit le capitaine.

Les deux amis s'arc-boutèrent contre l'obstacle qui obstruait la porte, mais ils ne purent le déplacer. La neige formait un glaçon qui avait plus de cinq pieds[2] d'épaisseur et ne faisait qu'un avec la maison.

Jean Cornbutte ne put retenir un cri, qui réveilla Misonne et André Vasling. Un juron éclata entre les dents de ce dernier, dont les traits se contractèrent.

En ce moment, une fumée plus épaisse que jamais reflua à l'intérieur, car elle ne pouvait trouver aucune issue.

«Malédiction! s'écria Misonne. Le tuyau du poêle est bouché par la glace!»

---

1. *Assura* : ajusta fermement.
2. *Plus de cinq pieds* : plus de 1,5 m.

Penellan reprit son bâton et démonta le poêle, après avoir jeté de la neige sur les tisons[1] pour les éteindre, ce qui produisit une fumée telle que l'on pouvait à peine apercevoir la lueur de la lampe ; puis il essaya, avec son bâton, de débarrasser l'orifice, mais il ne rencontra partout qu'un roc de glace !

Il ne fallait plus attendre qu'une fin affreuse, précédée d'une agonie terrible ! La fumée, s'introduisant dans la gorge des malheureux, y causait une douleur insoutenable, et l'air même ne devait pas tarder à leur manquer !

Marie se leva alors, et sa présence, qui désespérait Jean Cornbutte, rendit quelque courage à Penellan. Le timonier se dit que cette pauvre enfant ne pouvait être destinée à une mort si horrible !

« Eh bien ! dit la jeune fille, vous avez donc fait trop de feu ? La chambre est pleine de fumée !

– Oui... Oui... répondit le timonier en balbutiant.

– On le voit bien, reprit Marie, car il ne fait pas froid, et il y a longtemps même que nous n'avons éprouvé autant de chaleur ! »

Personne n'osa lui apprendre la vérité.

« Voyons, Marie, dit Penellan, en brusquant les choses, aide-nous à préparer le déjeuner. Il fait trop froid pour sortir. Voici le réchaud, voici l'esprit-de-vin, voici le café. – Allons, vous autres, un peu de pemmican d'abord, puisque ce maudit temps nous empêche de chasser ! »

Ces paroles ranimèrent ses compagnons.

« Mangeons d'abord, ajouta Penellan, et nous verrons ensuite à sortir d'ici ! »

Penellan joignit l'exemple au conseil et dévora sa portion. Ses compagnons l'imitèrent et burent ensuite une tasse de

---

1. *Tisons* : restes d'un morceau de bois dont une partie a brûlé.

café brûlant, ce qui leur remit un peu de courage au cœur ;
puis, Jean Cornbutte décida, avec une grande énergie, que l'on allait tenter immédiatement les moyens de sauvetage.

Ce fut alors qu'André Vasling fit cette réflexion :

« Si la tempête dure encore, ce qui est probable, il faut que nous soyons ensevelis à dix pieds[1] sous la glace, car on n'entend plus aucun bruit au-dehors ! »

Penellan regarda Marie, qui comprit la vérité, mais ne trembla pas.

Penellan fit d'abord rougir à la flamme de l'esprit-de-vin le bout de son bâton ferré, qu'il introduisit successivement dans les quatre murailles de glace, mais il ne trouva d'issue dans aucune. Jean Cornbutte résolut alors de creuser une ouverture dans la porte même. La glace était tellement dure que les coutelas[2] l'entamaient difficilement. Les morceaux que l'on parvenait à extraire encombrèrent bientôt la hutte. Au bout de deux heures de ce travail pénible, la galerie creusée n'avait pas trois pieds[3] de profondeur.

Il fallut donc imaginer un moyen plus rapide et qui fût moins susceptible d'ébranler la maison, car plus on avançait, plus la glace, devenant dure, nécessitait de violents efforts pour être entamée. Penellan eût l'idée de se servir du réchaud à esprit-de-vin pour fondre la glace dans la direction voulue. C'était un moyen hasardeux, car, si l'emprisonnement venait à se prolonger, cet esprit-de-vin, dont les marins n'avaient qu'une petite quantité, leur ferait défaut au moment de préparer le repas. Néanmoins, ce projet obtint l'assentiment de tous, et il fut mis à exécution. On creusa préalablement un trou de trois pieds de profondeur sur un pied[4] de diamètre

---

1. *Dix pieds* : environ 3 m.
2. *Coutelas* : grands couteaux de chasse.
3. *Trois pieds* : environ 1 m.
4. *Un pied* : environ 30 cm.

pour recueillir l'eau qui proviendrait de la fonte de la glace, et l'on n'eut pas à se repentir de cette précaution ; en effet, l'eau suinta bientôt sous l'action du feu, que Penellan promenait à travers la masse de neige.

L'ouverture se creusa peu à peu ; mais on ne pouvait continuer longtemps un tel genre de travail, car l'eau, se répandant sur les vêtements, les perçait de part en part. Penellan fut obligé de cesser au bout d'un quart d'heure et de retirer le réchaud pour se sécher lui-même. Misonne ne tarda pas à prendre sa place, et il n'y mit pas moins de courage.

Au bout de deux heures de travail, bien que la galerie eût déjà cinq pieds[1] de profondeur, le bâton ferré ne put encore trouver d'issue au-dehors.

« Il n'est pas possible, dit Jean Cornbutte, que la neige soit tombée avec une telle abondance ! Il faut qu'elle ait été amoncelée par le vent sur ce point. Peut-être aurions-nous dû songer à nous échapper par un autre endroit ?

– Je ne sais, répondit Penellan ; mais, ne fût-ce que pour ne pas décourager nos compagnons, nous devons continuer à percer le mur dans le même sens. Il est impossible que nous ne trouvions pas une issue !

– L'esprit-de-vin ne manquera-t-il pas ? demanda le capitaine.

– J'espère que non, répondit Penellan, mais à la condition, cependant, que nous nous privions de café ou de boissons chaudes ! D'ailleurs, ce n'est pas là ce qui m'inquiète le plus.

– Qu'est-ce donc, Penellan ? demanda Jean Cornbutte.

– C'est que notre lampe va s'éteindre, faute d'huile, et que nous arrivons à la fin de nos vivres ! – Enfin ! à la grâce de Dieu ! »

---

1. *Cinq pieds* : environ 1,5 m.

Puis, Penellan alla remplacer André Vasling, qui travaillait avec énergie à la délivrance commune.

«Monsieur Vasling, lui dit-il, je vais prendre votre place, mais veillez bien, je vous en prie, à toute menace d'éboulement, pour que nous ayons le temps de la parer!»

Le moment du repos était arrivé, et, lorsque Penellan eut encore creusé la galerie d'un pied, il revint se coucher près de ses compagnons.

11. Un nuage de fumée

Le lendemain, quand les marins se réveillèrent, une obscurité complète les enveloppait. La lampe s'était éteinte. Jean Cornbutte réveilla Penellan pour lui demander le briquet, que celui-ci lui passa. Penellan se leva pour allumer le réchaud ; mais, en se levant, sa tête heurta contre le plafond de glace. Il fut épouvanté, car, la veille, il pouvait encore se tenir debout. Le réchaud allumé, à la lueur indécise de l'esprit-de-vin, il s'aperçut que le plafond avait baissé d'un pied[1].

Penellan se remit au travail avec rage.

En ce moment, la jeune fille, aux lueurs que projetait le réchaud sur la figure du timonier, comprit que le désespoir et la volonté luttaient sur sa rude physionomie. Elle vint à lui, lui prit les mains, les serra avec tendresse. Penellan sentit le courage lui revenir.

«Elle ne peut pas mourir ainsi!» s'écria-t-il.

Il reprit son réchaud et se mit de nouveau à ramper dans l'étroite ouverture. Là, d'une main vigoureuse, il enfonça son bâton ferré et ne sentit pas de résistance. Était-il donc arrivé aux couches molles de la neige? Il retira son bâton, et un rayon brillant se précipita dans la maison de glace.

«À moi, mes amis!» s'écria-t-il.

Et, des pieds et des mains, il repoussa la neige; mais la surface extérieure n'était pas dégelée, ainsi qu'il l'avait cru. Avec le rayon de lumière, un froid violent pénétra dans la cabane

---

1. Un pied : environ 30 cm.

et en saisit toutes les parties humides, qui se solidifièrent en un moment. Son coutelas aidant, Penellan agrandit l'ouverture et put enfin respirer au grand air. Il tomba à genoux pour remercier Dieu et fut bientôt rejoint par la jeune fille et ses compagnons.

Une lune magnifique éclairait l'atmosphère, dont les marins ne purent supporter le froid rigoureux. Ils rentrèrent; mais, auparavant, Penellan regarda autour de lui. Le promontoire n'était plus là, et la hutte se trouvait au milieu d'une immense plaine de glace. Penellan voulut se diriger du côté du traîneau, où étaient les provisions; le traîneau avait disparu!

La température l'obligea de rentrer. Il ne parla de rien à ses compagnons. Il fallait avant tout sécher les vêtements, ce qui fut fait avec le réchaud à esprit-de-vin. Le thermomètre, mis un instant à l'air, descendit à trente degrés au-dessous de zéro.

Au bout d'une heure, André Vasling et Penellan résolurent d'affronter l'atmosphère extérieure. Ils s'enveloppèrent dans leurs vêtements encore humides et sortirent par l'ouverture, dont les parois avaient déjà acquis la dureté du roc.

«Nous avons été entraînés dans le nord-est, dit André Vasling, en s'orientant sur les étoiles, qui brillaient d'un éclat extraordinaire.

— Il n'y aurait pas de mal, répondit Penellan, si notre traîneau nous eût accompagnés!

— Le traîneau n'est plus là? s'écria André Vasling. Mais nous sommes perdus, alors!

— Cherchons» répondit Penellan.

Ils tournèrent autour de la hutte, qui formait un bloc de plus de quinze pieds[1] de hauteur. Une immense quantité de

---

1. *Plus de quinze pieds* : près de 5 m.

neige était tombée pendant toute la durée de la tempête, et le vent l'avait accumulée contre la seule élévation que présentât la plaine. Le bloc entier avait été entraîné par le vent, au milieu des glaçons brisés, à plus de vingt-cinq milles[1] au nord-est, et les prisonniers avaient subi le sort de leur prison flottante. Le traîneau, supporté par un autre glaçon, avait dérivé d'un autre côté, sans doute, car on n'en apercevait aucune trace, et les chiens avaient dû succomber dans cette effroyable tempête.

André Vasling et Penellan sentirent se glisser le désespoir dans leur âme. Ils n'osaient rentrer dans la maison de neige! Ils n'osaient annoncer cette fatale nouvelle à leurs compagnons d'infortune! Ils gravirent le bloc de glace même dans lequel se trouvait creusée la hutte et n'aperçurent rien que cette immensité blanche qui les entourait de toutes parts. Déjà le froid raidissait leurs membres, et l'humidité de leurs vêtements se transformait en glaçons qui pendaient autour d'eux.

Au moment où Penellan allait descendre le monticule, il jeta un coup d'œil sur André Vasling. Il le vit tout à coup regarder avidement d'un côté, puis tressaillir et pâlir.

«Qu'avez-vous, monsieur Vasling? lui demanda-t-il.

– Ce n'est rien! répondit celui-ci. Descendons, et avisons à quitter au plus vite ces parages, que nous n'aurions jamais dû fouler!»

Mais, au lieu d'obéir, Penellan remonta et porta ses yeux du côté qui avait attiré l'attention du second. Un effet bien différent se produisit en lui, car il poussa un cri de joie et s'écria :

«Dieu soit béni!»

---

1. *Plus de vingt-cinq milles* : plus de 46 km.

Une légère fumée s'élevait dans le nord-est. Il n'y avait pas à s'y tromper. Là respiraient des êtres animés. Les cris de joie de Penellan attirèrent ses compagnons, et tous purent se convaincre par leurs yeux que le timonier ne se trompait pas.

⁹⁰ Aussitôt, sans s'inquiéter du manque de vivres, sans songer à la rigueur de la température, enveloppés dans leurs capuchons, tous s'avancèrent à grands pas vers l'endroit signalé.

La fumée s'élevait dans le nord-est, et la petite troupe prit ⁹⁵ précipitamment cette direction. Le but à atteindre se trouvait à cinq ou six milles environ[1], et il devenait fort difficile de se diriger à coup sûr. La fumée avait disparu, et aucune élévation ne pouvait servir de point de repère, car la plaine de glace était entièrement unie. Il importait, cependant, de ne pas ¹⁰⁰ dévier de la ligne droite.

«Puisque nous ne pouvons nous guider sur des objets éloignés, dit Jean Cornbutte, voici le moyen à employer: Penellan va marcher en avant, Vasling à vingt pas derrière lui, moi à vingt pas derrière Vasling. Je pourrai juger alors si Penellan ne ¹⁰⁵ s'écarte pas de la ligne droite.»

La marche durait ainsi depuis une demi-heure, quand Penellan s'arrêta soudain, prêtant l'oreille.

Le groupe de marins le rejoignit.

«N'avez-vous rien entendu? leur demanda-t-il.

¹¹⁰ — Rien, répondit Misonne.

— C'est singulier! fit Penellan. Il m'a semblé que des cris venaient de ce côté.

— Des cris? répondit la jeune fille. Nous serions donc bien près de notre but!

---

1. *Cinq ou six milles environ*: environ 9-11 km.

– Ce n'est pas une raison, répondit André Vasling. Sous ces latitudes élevées et par ces grands froids, le son porte à des distances extraordinaires.

– Quoi qu'il en soit, dit Jean Cornbutte, marchons, sous peine d'être gelés !

– Non ! fit Penellan. Écoutez ! »

Quelques sons faibles, mais perceptibles cependant, se faisaient entendre. Ces cris paraissaient des cris de douleur et d'angoisse. Ils se renouvelèrent deux fois. On eût dit que quelqu'un appelait au secours. Puis tout retomba dans le silence.

« Je ne me suis pas trompé, dit Penellan. En avant ! »

Et il se mit à courir dans la direction de ces cris. Il fit ainsi deux milles environ[1], et sa stupéfaction fut grande, quand il aperçut un homme couché sur la glace. Il s'approcha de lui, le souleva et leva les bras au ciel avec désespoir.

André Vasling, qui le suivait de près avec le reste des matelots, accourut et s'écria :

« C'est un des naufragés ! C'est notre matelot Cortrois !

– Il est mort, répliqua Penellan, mort de froid ! »

Jean Cornbutte et Marie arrivèrent auprès du cadavre, que la glace avait déjà raidi. Le désespoir se peignit sur toutes les figures. Le mort était l'un des compagnons de Louis Cornbutte !

« En avant ! » s'écria Penellan.

Ils marchèrent encore pendant une demi-heure, sans mot dire, et ils aperçurent une élévation du sol, qui devait être certainement la terre.

« C'est l'île Shannon ! » dit Jean Cornbutte.

---

1. *Deux milles environ* : environ 4 km.

Au bout d'un mille[1], ils aperçurent distinctement une fumée qui s'échappait d'une hutte de neige fermée par une porte en bois. Ils poussèrent des cris. Deux hommes s'élancèrent hors de la hutte, et, parmi eux, Penellan reconnut Pierre Nouquet.

«Pierre!» s'écria-t-il.

Celui-ci demeurait là comme un homme hébété, n'ayant pas conscience de ce qui se passait autour de lui. André Vasling regardait avec une inquiétude mêlée d'une joie cruelle les compagnons de Pierre Nouquet, car il ne reconnaissait pas Louis Cornbutte parmi eux.

«Pierre! C'est moi! s'écria Penellan! Ce sont tous tes amis!»

Pierre Nouquet revint à lui et tomba dans les bras de son vieux compagnon.

«Et mon fils! Et Louis!» cria Jean Cornbutte avec l'accent du plus profond désespoir.

---

1. *Un mille* : 1852 m.

12. Retour au navire

À ce moment, un homme, presque mourant, sortant de la hutte, se traîna sur la glace.

C'était Louis Cornbutte.

«Mon fils!

- Mon fiancé!»

Ces deux cris partirent en même temps, et Louis Cornbutte tomba évanoui entre les bras de son père et de la jeune fille, qui l'entraînèrent dans la hutte, où leurs soins le ranimèrent.

«Mon père! Marie! s'écria Louis Cornbutte. Je vous aurai donc revus avant de mourir!

- Tu ne mourras pas! répondit Penellan, car tous tes amis sont près de toi!»

Il fallait qu'André Vasling eût bien de la haine pour ne pas tendre la main à Louis Cornbutte; mais il ne la lui tendit pas.

Pierre Nouquet ne se sentait pas de joie. Il embrassait tout le monde; puis il jeta du bois dans le poêle, et bientôt une température supportable s'établit dans la cabane.

Là, il y avait encore deux hommes que ni Jean Cornbutte ni Penellan ne connaissaient.

C'étaient Jocki et Herming, les deux seuls matelots norvégiens qui restassent de l'équipage du *Froöern*.

«Mes amis, nous sommes donc sauvés! dit Louis Cornbutte. Mon père! Marie! vous vous êtes exposés à tant de périls!

– Nous ne le regrettons pas, mon Louis, répondit Jean Cornbutte. Ton brick, *La Jeune Hardie*, est solidement ancré dans les glaces à soixante lieues[1] d'ici. Nous le rejoindrons tous ensemble.

– Quand Cortrois rentrera, dit Pierre Nouquet, il sera fameusement content tout de même ! »

Un triste silence suivit cette réflexion, et Penellan apprit à Pierre Nouquet et à Louis Cornbutte la mort de leur compagnon, que le froid avait tué.

« Mes amis, dit Penellan, nous attendrons ici que le froid diminue. Vous avez des vivres et du bois ?

– Oui, et nous brûlerons ce qui nous reste du *Froöern* ! »

Le *Froöern* avait été entraîné, en effet, à quarante milles[2] de l'endroit où Louis Cornbutte hivernait. Là, il fut brisé par les glaçons qui flottaient au dégel, et les naufragés furent emportés, avec une partie des débris dont était construite leur cabane, sur le rivage méridional de l'île Shannon.

Les naufragés se trouvaient alors au nombre de cinq : Louis Cornbutte, Cortrois, Pierre Nouquet, Jocki et Herming. Quant au reste de l'équipage norvégien, il avait été submergé avec la chaloupe au moment du naufrage.

Dès que Louis Cornbutte, entraîné dans les glaces, vit celles-ci se refermer sur lui, il prit toutes les précautions pour passer l'hiver. C'était un homme énergique, d'une grande activité comme d'un grand courage ; mais, en dépit de sa fermeté, il avait été vaincu par ce climat horrible, et quand son père le retrouva, il ne s'attendait plus qu'à mourir. Il n'avait, d'ailleurs, pas à lutter seulement contre les éléments, mais contre le mauvais vouloir des deux matelots norvégiens, qui lui devaient la vie cependant. C'étaient deux sortes de

---

1. *Soixante lieues* : environ 240 km.
2. *Quarante milles* : environ 74 km.

La fascination du pôle Nord

De tout temps, le pôle Nord a fasciné les hommes. Dans l'Antiquité, il était conçu comme un espace prospère, gouverné par une magie primitive et peuplé d'hommes bienheureux, les Hyperboréens. Le Grec Pythéas (v. 380-310 av. J.-C.), qui fut le premier à explorer les mers du Nord, décrivit le spectacle des aurores boréales, le phénomène de la dérive des glaces et le soleil de minuit. À la fin du Moyen Âge, les savants croyaient pouvoir y situer le Paradis.

▲ Olaus Magnus (1490-1557), *Carte marine et description des terres septentrionales avec les merveilles qu'elles contiennent, très diligemment élaborée en l'an 1539, à Venise, grâce à la générosité du très honorable seigneur Hierominus Quirino* (détail).
Ce détail de carte représente l'espace maritime situé entre l'Islande (« Islandia », au nord), la Scandinavie (« Scândia », à l'est) et les îles britanniques (au sud-ouest). L'omniprésence des monstres marins illustre l'image que les hommes de l'époque se font de cette région. On remarque une représentation de l'île de Thulé (« Tile », à l'ouest), légendaire « limite » du monde septentrional que Pythéas aurait atteinte lors du voyage qu'il effectua v. 330 av. J.-C.

▲ François Auguste Biard, *Magdalena Bay. Vue prise de la presqu'île des Tombeaux, au nord du Spitzberg (pôle Nord), effet d'aurore boréale*, 1841.
Étudiées par les scientifiques depuis le XVIIe siècle, les aurores boréales (dans l'hémisphère Nord) et australes (dans l'hémisphère Sud) sont des réactions lumineuses (vertes, bleues, rouges) produites par la rencontre du vent solaire avec le champ magnétique terrestre. Ici, les nappes de lumière sont splendidement restituées par les dégradés de couleurs froides.

▶ Frank Wilbert Stokes, *Soleil de minuit au pôle Nord*, 1893.

La conquête des pôles

Les expéditions vers les cercles polaires furent d'abord motivées par des intérêts marchands. Ainsi, dès le XVe siècle, des navigateurs se lancèrent à la recherche d'une nouvelle route commerciale vers l'Orient passant par le nord. Au XIXe siècle, la découverte de cette voie maritime devint un enjeu politique pour les grandes puissances coloniales, bien déterminées à parcourir les régions glacées. De nombreux navires sillonnèrent alors les mers du nord, en quête d'un chenal hypothétique mais très convoité : le passage du Nord-Ouest.

▲ Illustration du journal de Gerrit de Veer (*Waerachtighe Beschrijvinghe*) relatant les expéditions de Willem Barents (1550-1597), marin et explorateur néerlandais ayant parcouru la mer qui porte son nom. Il effectua trois voyages, financés par des marchands hollandais, qui le menèrent jusqu'à la Nouvelle-Zemble, île située au nord du Spitzberg et de la mer de Barents. Sa dernière campagne (1596-1597) fut un échec cuisant : tout comme *La Jeune Hardie*, le navire fut prisonnier des glaces et l'équipage contraint à hiverner sur place. Neuf mois plus tard, Willem Barents mourut pendant le voyage de retour.

▲ John Sackheouse, « Premier contact avec les natifs de la baie du Prince Régent », dessin présenté au capitaine John Ross le 10 août 1818.
En 1818, l'officier britannique John Ross commanda l'une des premières expéditions boréales du XIXe siècle. Chargé de vérifier l'existence du passage du Nord-Ouest, il rencontra en chemin les Esquimaux du Groenland.

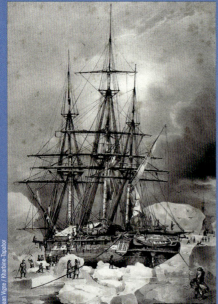

◄ Louis Le Breton (1816-1866), « L'*Astrolabe* faisant de l'eau sur un glaçon, le 6 février 1838 ».
Sur ordre du roi de France Louis-Philippe (1830-1848), Jules Dumont d'Urville dirigea une expédition jusqu'au pôle Sud (1837-1840). En dépit de multiples difficultés (scorbut, hivernages forcés...), il fut le premier homme à poser le pied sur le continent antarctique, qu'il nomma « Terre Adélie », en hommage à son épouse. Son exploit lui valut le grade de contre-amiral et une forte somme d'argent, distribuée entre tous les membres de son équipage. (Voir dossier, p. 146.)

▲ Médaille distribuée à tous les membres de l'expédition.

Les rivalités pour la conquête des pôles

À l'orée du XXe siècle, à force de persévérance, les navigateurs ont acquis une bonne connaissance des espaces maritimes polaires, mais il leur reste une prouesse à accomplir : atteindre les extrémités de ces territoires. Soutenus par les académies et les sociétés de géographie, les explorateurs se livrent une lutte sans merci pour remporter cette course aux pôles.

▶ « La conquête du pôle Nord. Le docteur Cook et le commandant Peary s'en disputent la gloire », caricature publiée dans *Le Petit Journal*, 19 septembre 1909. Dès leur première expédition vers l'Arctique, en 1891, le médecin Frederick Cook et l'officier de marine Robert Peary entrèrent en concurrence pour la conquête du pôle Nord. Tous deux revendiquèrent cet exploit, en 1909, sans qu'on pût déterminer avec certitude lequel devança l'autre.

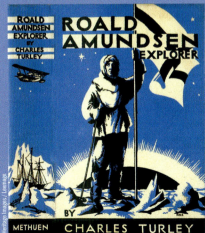

◀ Illustration de couverture de *Roald Amundsen Explorer*, de Charles Turley, 1935. En 1911, l'explorateur Roald Amundsen (1872-1928) atteignit le pôle Sud, devançant son concurrent Robert Falcon Scott (1868-1912) de plusieurs semaines. Outre qu'il fut le premier homme à avoir gagné les deux pôles (par voie terrestre, au Sud, et par voie aérienne, au Nord), il fut également le premier à franchir l'actuel passage du Nord-Ouest.

L'hostilité de la banquise

Dès les premières expéditions, les conditions extrêmes de l'Arctique – des températures atteignant –68 °C, l'emprisonnement des navires dans la glace, les attaques d'ours polaires... – couvrent de prestige ceux qui les affrontent et parviennent à en réchapper. Mais l'inexpérience des équipes et leur répugnance à utiliser les techniques de survie des autochtones font échouer de nombreuses campagnes. Une catastrophe en particulier marque les esprits : la disparition de sir John Franklin et de ses navires, en 1845.

▲ François Auguste Biard, *Matelots se défendant contre des ours polaires*, v. 1839.
On ne gagne pas le pôle sans affronter quelques dangers. Motif récurrent du roman d'aventures et des œuvres de Jules Verne, les attaques d'ours engagent les héros à faire acte de bravoure. **(Voir dossier, p. 145.)**

▲ William Thomas Smith (1862-1947), *Sir John Franklin, moribond dans son bateau, durant l'expédition du passage du Nord-Ouest des navires* Erebus et Terror, 1895. Ce n'est qu'en 1859 que l'on retrouva les corps des équipages menés par sir John Franklin. Leur mutilation suggéra une hypothèse horrifiante : tourmentés par la faim, ces hommes civilisés auraient cédé au cannibalisme !

Pêcheurs d'Islande

Partant du port de Dunkerque, *La Jeune Hardie* emprunte les routes maritimes des « pêcheurs d'Islande ». Secteur florissant au XIXe siècle, la pêche à la morue contribua au développement de nombreux ports, parmi lesquels celui de Dunkerque. Mais si cette activité, pratiquée au large de l'Islande, faisait vivre une grande partie de sa population, elle s'exerçait dans des conditions épouvantables : pendant plus de six mois, les pêcheurs étaient exposés aux tempêtes et au froid mordant. Ces dangers furent responsables de nombreux naufrages.

▶ « Départ des morutiers à Dunkerque », *Le Petit Journal*, mars 1900.
Le jour du départ, une foule immense se pressait sur les quais pour faire ses adieux aux marins. Auparavant, une messe était donnée en leur honneur puis, en sortant du port, tous les pêcheurs se réunissaient sur le pont des navires pour une dernière prière.

▼ Eugène Guenin, « Pêche de la morue sur le grand banc de Terre-Neuve », gravure de la fin du XIXe siècle.
Une fois achevée la campagne en Islande, les chalutiers se rendaient sur les bancs de Terre-Neuve où la pêche s'effectuait à bord de petites embarcations : les doris. Mais les conditions étaient loin d'être idéales : la mer démontée mettait les navires en difficulté.

sauvages, à peu près inaccessibles aux sentiments les plus naturels. Aussi, quand Louis Cornbutte eut occasion d'entretenir Penellan, il lui recommanda de s'en défier particulièrement. En retour, Penellan le mit au courant de la conduite d'André Vasling. Louis Cornbutte ne put y croire ; mais Penellan lui prouva que, depuis sa disparition, André Vasling avait toujours agi de manière à s'assurer la main de la jeune fille.

Toute cette journée fut employée au repos et au plaisir de se revoir. Fidèle Misonne et Pierre Nouquet tuèrent quelques oiseaux de mer, près de la maison, dont il n'était pas prudent de s'écarter. Ces vivres frais et le feu qui fut activé rendirent de la force aux plus malades. Louis Cornbutte lui-même éprouva un mieux sensible. C'était le premier moment de plaisir qu'éprouvaient ces braves gens. Aussi fêtèrent-ils avec entrain, dans cette misérable cabane, à six cents lieues dans les mers du Nord, par un froid de trente degrés au-dessous de zéro !

Cette température dura jusqu'à la fin de la lune, et ce ne fut que vers le 17 novembre, huit jours après leur réunion, que Jean Cornbutte et ses compagnons purent songer au départ. Ils n'avaient plus que la lueur des étoiles pour se guider, mais le froid était moins vif, et il tomba même un peu de neige.

Avant de quitter ce lieu, on creusa une tombe au pauvre Cortrois. Triste cérémonie, qui affecta vivement ses compagnons ! C'était le premier d'entre eux qui ne devait pas revoir son pays.

Misonne avait construit avec les planches de la cabane une sorte de traîneau destiné au transport des provisions, et les matelots le traînèrent tour à tour. Jean Cornbutte dirigea la marche par les chemins déjà parcourus. Les campements s'organisaient, à l'heure du repos, avec une grande promptitude[1]. Jean Cornbutte espérait retrouver ses dépôts de

---

1. *Promptitude* : rapidité.

provisions, qui devenaient presque indispensables avec ce surcroît de quatre personnes. Aussi chercha-t-il à ne pas s'écarter de sa route.

Par un bonheur providentiel, il fut remis en possession de son traîneau, qui s'était échoué près du promontoire où tous avaient couru tant de dangers. Les chiens, après avoir mangé leurs courroies pour satisfaire leur faim, s'étaient attaqués aux provisions du traîneau. C'était ce qui les avaient retenus, et ce furent eux-mêmes qui guidèrent la troupe vers le traîneau, où les vivres étaient encore en grande quantité.

La petite troupe reprit sa route vers la baie d'hivernage. Les chiens furent attelés au traîneau, et aucun incident ne signala l'expédition[1].

On constata seulement qu'Aupic, André Vasling et les Norvégiens se tenaient à l'écart et ne se mêlaient pas à leurs compagnons ; mais, sans le savoir, ils étaient surveillés de près. Néanmoins, ce germe de dissension jeta plus d'une fois la terreur dans l'âme de Louis Cornbutte et de Penellan.

Vers le 7 décembre, vingt jours après leur réunion, ils aperçurent la baie où hivernait *La Jeune Hardie*. Quel fut leur étonnement en apercevant le brick juché à près de quatre mètres en l'air sur des blocs de glace ! Ils coururent, fort inquiets de leurs compagnons, et ils furent reçus avec des cris de joie par Gervique, Turquiette et Gradlin. Tous étaient en bonne santé, et cependant ils avaient couru, eux aussi, les plus grands dangers.

La tempête s'était fait ressentir dans toute la mer polaire. Les glaces avaient été brisées et déplacées, et glissant les unes sous les autres, elles avaient saisi le lit sur lequel reposait le navire. Leur pesanteur spécifique tendant à les ramener

---

1. *Aucun incident ne signala l'expédition* : aucun incident ne marqua cette partie de l'expédition.

au-dessus de l'eau, elles avaient acquis une puissance incalculable, et le brick s'était trouvé soudain élevé hors des limites de la mer.

Les premiers moments furent donnés à la joie du retour. Les marins de l'exploration se réjouissaient de trouver toutes les choses en bon état, ce qui leur assurait un hiver rude, sans doute, mais enfin supportable. L'exhaussement[1] du navire ne l'avait pas ébranlé, et il était parfaitement solide. Lorsque la saison du dégel serait venue, il n'y aurait plus qu'à le faire glisser sur un plan incliné, à le lancer, en un mot, dans la mer redevenue libre.

Mais une mauvaise nouvelle assombrit le visage de Jean Cornbutte et de ses compagnons. Pendant la terrible bourrasque, le magasin de neige construit sur la côte avait été entièrement brisé; les vivres qu'il renfermait étaient dispersés, et il n'avait pas été possible d'en sauver la moindre partie. Dès que ce malheur leur fut appris, Jean et Louis Cornbutte visitèrent la cale et la cambuse du brick, pour savoir à quoi s'en tenir sur ce qui restait de provisions.

Le dégel ne devait arriver qu'avec le mois de mai, et le brick ne pouvait quitter la baie d'hivernage avant cette époque. C'était donc cinq mois d'hiver qu'il fallait passer au milieu des glaces, pendant lesquels quatorze personnes devaient être nourries. Calculs et comptes faits, Jean Cornbutte comprit qu'il atteindrait tout au plus le moment du départ, en mettant tout le monde à la demi-ration. La chasse devint donc obligatoire pour procurer de la nourriture en plus grande abondance.

De crainte que ce malheur ne se renouvelât, on résolut de ne plus déposer de provisions à terre. Tout demeura à bord

---

1. *Exhaussement* : élévation.

du brick, et on disposa également des lits pour les nouveaux arrivants dans le logement commun des matelots. Turquiette, Gervique et Gradlin, pendant l'absence de leurs compagnons, avaient creusé un escalier dans la glace qui permettait d'arriver sans peine au pont du navire.

13. Les deux rivaux

André Vasling s'était pris d'amitié pour les deux matelots norvégiens. Aupic faisait aussi partie de leur bande, qui se tenait généralement à l'écart, désapprouvant hautement toutes les nouvelles mesures; mais Louis Cornbutte, auquel son père avait remis le commandement du brick, redevenu maître à son bord, n'entendait pas raison sur ce chapitre-là, et, malgré les conseils de Marie, qui l'engageait à user de douceur, il fit savoir qu'il voulait être obéi en tous points.

Néanmoins, les deux Norvégiens parvinrent, deux jours après, à s'emparer d'une caisse de viande salée. Louis Cornbutte exigea qu'elle lui fût rendue sur-le-champ; mais Aupic prit fait et cause pour eux, et André Vasling fit de même entendre que les mesures touchant la nourriture ne pouvaient durer plus longtemps.

Il n'y avait pas à prouver à ces malheureux que l'on agissait dans l'intérêt commun, car ils le savaient, et ils ne cherchaient qu'un prétexte pour se révolter. Penellan s'avança vers les deux Norvégiens, qui tirèrent leurs coutelas; mais, secondé par Misonne et Turquiette, il parvint à les leur arracher des mains, et il reprit la caisse de viande salée. André Vasling et Aupic, voyant que l'affaire tournait contre eux, ne s'en mêlèrent aucunement. Néanmoins, Louis Cornbutte prit le second en particulier et lui dit :

«André Vasling, vous êtes un misérable. Je connais toute votre conduite, et je sais à quoi tendent vos menées[1]; mais,

---

1. Menées : actions sournoises et mal intentionnées.

comme le salut de tout l'équipage m'est confié, si quelqu'un de vous songe à conspirer sa perte, je le poignarde de ma main !

— Louis Cornbutte répondit le second, il vous est loisible de[1] faire de l'autorité, mais rappelez-vous que l'obéissance hiérarchique n'existe plus ici, et que seul le plus fort fait la loi ! »

La jeune fille n'avait jamais tremblé devant les dangers des mers polaires ; mais elle eut peur de cette haine dont elle était la cause, et l'énergie de Louis Cornbutte put à peine la rassurer.

Malgré cette déclaration de guerre, les repas se prirent aux mêmes heures et en commun. La chasse fournit encore quelques ptarmigans et quelques lièvres blancs ; mais, avec les grands froids qui approchaient, cette ressource allait encore manquer. Ces froids commencèrent au solstice, le 22 décembre, jour auquel le thermomètre tomba à trente-cinq degrés au-dessous de zéro. Les hiverneurs éprouvèrent des douleurs dans les oreilles, dans le nez, dans toutes les extrémités du corps ; ils furent pris d'une torpeur[2] mortelle, mêlée de maux de tête, et leur respiration devint de plus en plus difficile.

Dans cet état, ils n'avaient plus le courage de sortir chasser, ou pour prendre quelque exercice. Ils demeuraient accroupis autour du poêle, qui ne leur donnait qu'une chaleur insuffisante, et, dès qu'ils s'en éloignaient un peu, ils sentaient leur sang se refroidir subitement.

Jean Cornbutte vit sa santé gravement compromise, et il ne pouvait déjà plus quitter son logement. Des symptômes prochains de scorbut se manifestèrent en lui ; ses jambes se

---

1. *Il vous est loisible de* : vous pouvez bien.
2. *Torpeur* : état de fatigue provoquant l'endormissement.

couvrirent de taches blanchâtres. La jeune fille se portait bien et s'occupait de soigner les malades avec l'empressement d'une sœur de charité[1]. Aussi tous ces braves marins la bénissaient-ils du fond du cœur.

Le 1er janvier fut l'un des plus tristes jours de l'hivernage. Le vent était violent et le froid insupportable. On ne pouvait sortir sans s'exposer à être gelé. Les plus courageux devaient se borner à se promener sur le pont abrité par la tente. Jean Cornbutte, Gervique et Gradlin ne quittèrent pas leur lit. Les deux Norvégiens, Aupic et André Vasling, dont la santé se soutenait, jetaient des regards farouches sur leurs compagnons, qu'ils voyaient dépérir.

Louis Cornbutte emmena Penellan sur le pont et lui demanda où en étaient les provisions de combustible.

« Le charbon est épuisé depuis longtemps, répondit Penellan, et nous allons brûler nos derniers morceaux de bois !

– Si nous n'arrivons pas à combattre ce froid, dit Louis Cornbutte, nous sommes perdus !

– Il nous reste un moyen, répliqua Penellan, c'est de brûler ce que nous pourrons de notre brick, depuis les bastingages jusqu'à la flottaison[2], et même, au besoin, nous pouvons le démolir en entier et reconstruire un plus petit navire.

– C'est un moyen extrême, répondit Louis Cornbutte, et qu'il sera toujours temps d'employer quand nos hommes seront valides, car, dit-il à voix basse, nos forces diminuent, et celles de nos ennemis semblent augmenter. C'est même assez extraordinaire !

– C'est vrai, fit Penellan, et sans la précaution que nous avons de veiller nuit et jour, je ne sais ce qui nous arriverait.

---

1. *Sœur de charité* : religieuse travaillant comme infirmière.
2. *Depuis les bastingages jusqu'à la flottaison* : depuis les garde-corps jusqu'à la limite de la partie non immergée du bateau.

— Prenons nos haches, dit Louis Cornbutte, et faisons notre récolte de bois.»

Malgré le froid, tous deux montèrent sur les bastingages de l'avant, et ils abattirent tout le bois qui n'était pas d'une indispensable utilité pour le navire. Puis ils revinrent avec cette provision nouvelle. Le poêle fut bourré de nouveau, et un homme resta de garde pour l'empêcher de s'éteindre.

Cependant, Louis Cornbutte et ses amis furent bientôt sur les dents. Ils ne pouvaient confier aucun détail de la vie commune à leurs ennemis. Chargés de tous les soins domestiques, ils sentirent bientôt leurs forces s'épuiser. Le scorbut se déclara chez Jean Cornbutte, qui souffrit d'intolérables douleurs. Gervique et Gradlin commencèrent à être pris également. Sans la provision de jus de citron, dont ils étaient abondamment fournis, ces malheureux auraient promptement succombé à leurs souffrances. Aussi ne leur épargnat-on pas ce remède souverain.

Mais un jour, le 15 janvier, lorsque Louis Cornbutte descendit à la cambuse pour renouveler ses provisions de citrons, il demeura stupéfait en voyant que les barils où ils étaient renfermés avaient disparu. Il remonta près de Penellan et lui fit part de ce nouveau malheur. Un vol avait été commis, et les auteurs étaient faciles à reconnaître. Louis Cornbutte comprit alors pourquoi la santé de ses ennemis se soutenait ! Les siens n'étaient plus en force maintenant pour leur arracher ces provisions, d'où dépendaient sa vie et celle de ses compagnons, et il demeura plongé, pour la première fois, dans un morne désespoir !

14. Détresse

Le 20 janvier, la plupart de ces infortunés ne se sentirent pas la force de quitter leur lit. Chacun d'eux, indépendamment de ses couvertures de laine, avait une peau de buffle qui le protégeait contre le froid; mais, dès qu'il essayait de mettre
5 le bras à l'air, il éprouvait une douleur telle qu'il lui fallait le rentrer aussitôt.

Cependant, Louis Cornbutte ayant allumé le poêle, Penellan, Misonne, André Vasling sortirent de leur lit et vinrent s'accroupir autour du feu. Penellan prépara du café brûlant,
10 et leur rendit quelque force, ainsi qu'à Marie, qui vint partager leur repas.

Louis Cornbutte s'approcha alors du lit de son père, qui était presque sans mouvement et dont les jambes étaient brisées par la maladie. Le vieux marin murmurait quelques mots
15 sans suite, qui déchiraient le cœur de son fils.

«Louis! disait-il, je vais mourir!... Oh que je souffre!... Sauve-moi!»

Louis Cornbutte prit une résolution décisive. Il revint vers le second et lui dit, en se contenant à peine:

20 «Savez-vous où sont les citrons, Vasling?

– Dans la cambuse, je suppose, répondit le second sans se déranger.

– Vous savez bien qu'ils n'y sont plus, puisque vous les avez volés!

— Vous êtes le maître, Louis Cornbutte, répondit ironiquement André Vasling, et il vous est permis de tout dire et de tout faire!

— Par pitié, Vasling, mon père se meurt! Vous pouvez le sauver! Répondez!

— Je n'ai rien à répondre, répondit André Vasling.

— Misérable! s'écria Penellan en se jetant sur le second, son coutelas à la main.

— À moi, les miens!» s'écria André Vasling en reculant.

Aupic et les deux matelots norvégiens sautèrent à bas de leur lit et se rangèrent derrière lui. Misonne, Turquiette, Penellan et Louis se préparèrent à se défendre. Pierre Nouquet et Gradlin, quoique bien souffrants, se levèrent pour les seconder.

«Vous êtes encore trop forts pour nous! dit alors André Vasling. Nous ne voulons nous battre qu'à coup sûr!»

Les marins étaient si affaiblis qu'ils n'osèrent pas se précipiter sur ces quatre misérables, car, en cas d'échec, ils eussent été perdus.

«André Vasling, dit Louis Cornbutte d'une voix sombre, si mon père meurt, tu l'auras tué, et moi je te tuerai comme un chien!»

André Vasling et ses complices se retirèrent à l'autre bout du logement et ne répondirent pas.

Il fallut alors renouveler la provision de bois, et malgré le froid, Louis Cornbutte monta sur le pont et se mit à couper une partie des bastingages du brick; mais il fut forcé de rentrer au bout d'un quart d'heure, car il risquait de tomber foudroyé par le froid. En passant, il jeta un coup d'œil sur le thermomètre extérieur et vit le mercure gelé. Le froid avait donc dépassé les quarante-deux degrés au-dessous de zéro. Le temps était sec et clair, et le vent soufflait du nord.

Le 26, le vent changea, il vint du nord-est, et le thermomètre marqua extérieurement trente-cinq degrés. Jean Cornbutte était à l'agonie, et son fils avait cherché vainement quelque remède à ses douleurs. Ce jour-là, cependant, se jetant à l'improviste sur André Vasling, il parvint à lui arracher un citron que celui-ci s'apprêtait à sucer. André Vasling ne fit pas un pas pour le reprendre. Il semblait qu'il attendît l'occasion d'accomplir ses odieux projets.

Le jus de ce citron rendit quelque force à Jean Cornbutte, mais il aurait fallu continuer ce remède. La jeune fille alla supplier à genoux André Vasling, qui ne lui répondit pas, et Penellan entendit bientôt le misérable dire à ses compagnons :

« Le vieux est moribond[1] ! Gervique, Gradlin et Pierre Nouquet ne valent guère mieux ! Les autres perdent leurs forces de jour en jour ! Le moment approche où leur vie nous appartiendra ! »

Il fut alors résolu entre Louis Cornbutte et ses compagnons de ne plus attendre et de profiter du peu de forces qui leur restait. Ils résolurent d'agir dans la nuit suivante et de tuer ces misérables pour ne pas être tués par eux.

La température s'était élevée un peu. Louis Cornbutte se hasarda à sortir avec son fusil pour rapporter quelque gibier. Il s'écarta d'environ trois milles[2] du navire, et, souvent trompé par des effets de mirage ou de réfraction, il s'éloigna plus qu'il ne voulait. C'était imprudent, car des traces récentes d'animaux féroces se montraient sur le sol. Louis Cornbutte ne voulut cependant pas revenir sans rapporter quelque viande fraîche, et il continua sa route ; mais il éprouvait alors un sentiment singulier, qui lui tournait la tête. C'était ce que l'on appelle le « vertige du blanc ».

---

1. *Moribond* : sur le point de mourir.
2. *D'environ trois milles* : de 4 km environ.

14. Détresse | 107

En effet, la réflexion des monticules de glace et de la plaine le saisissait de la tête aux pieds, et il lui semblait que cette couleur le pénétrait et lui causait un affadissement[1] irrésistible. Son œil en était imprégné, son regard dévié.

Il crut qu'il allait devenir fou de blancheur. Sans se rendre compte de cet effet terrible, il continua sa marche et ne tarda pas à faire lever[2] un ptarmigan, qu'il poursuivit avec ardeur. L'oiseau tomba bientôt, et, pour aller le prendre, Louis Cornbutte, sautant d'un glaçon sur la plaine, tomba lourdement, car il avait fait un saut de dix pieds[3] lorsque la réfraction lui faisait croire qu'il n'en avait que deux à franchir. Le vertige le saisit alors, et, sans savoir pourquoi, il se mit à appeler au secours pendant quelques minutes, bien qu'il ne se fût rien brisé dans sa chute. Le froid commençant à l'envahir, il revint au sentiment de sa conservation[4] et se releva péniblement.

Soudain, sans qu'il pût s'en rendre compte, une odeur de graisse brûlée saisit son odorat. Comme il était sous le vent du navire, il supposa que cette odeur venait de là, et il ne comprit pas dans quel but on brûlait cette graisse, car c'était fort dangereux, puisque cette émanation pouvait attirer des bandes d'ours blancs.

Louis Cornbutte reprit donc le chemin du brick, en proie à une préoccupation qui, dans son esprit surexcité, dégénéra bientôt en terreur. Il lui sembla que des masses colossales se mouvaient à l'horizon, et il se demanda s'il n'y avait pas encore quelque tremblement de glaces. Plusieurs de ces masses s'interposèrent entre le navire et lui, et il lui parut qu'elles s'élevaient sur les flancs du brick. Il s'arrêta pour les

---

1. *Un affadissement* : une perte d'énergie.
2. *Faire lever* : faire sortir de son gîte.
3. *Dix pieds* : 3 m environ.
4. *Conservation* : survie.

considérer plus attentivement, et sa terreur fut extrême, quand il reconnut une bande d'ours gigantesques.

Ces animaux avaient été attirés par cette odeur de graisse qui avait surpris Louis Cornbutte. Celui-ci s'abrita derrière un monticule, et il en compta trois qui ne tardèrent pas à escalader les blocs de glace sur lesquels reposait *La Jeune Hardie*.

Rien ne parut lui faire supposer que ce danger fût connu à l'intérieur du navire, et une terrible angoisse lui serra le cœur. Comment s'opposer à ces ennemis redoutables ? André Vasling et ses compagnons se réuniraient-ils à tous les hommes du bord dans ce danger commun ? Penellan et les autres, à demi-privés de nourriture, engourdis par le froid, pourraient-ils résister à ces bêtes redoutables, qu'excitait une faim inassouvie ? Ne seraient-ils pas surpris, d'ailleurs, par une attaque imprévue ?

Louis Cornbutte fit en un instant ces réflexions. Les ours avaient gravi les glaçons et montaient à l'assaut du navire. Louis Cornbutte put alors quitter le bloc qui le protégeait ; il s'approcha en rampant sur la glace, et bientôt il put voir les énormes animaux déchirer la tente avec leurs griffes et sauter sur le pont. Louis Cornbutte pensa à tirer un coup de fusil pour avertir ses compagnons ; mais si ceux-ci montaient sans être armés, ils seraient inévitablement mis en pièces, et rien n'indiquait qu'ils eussent connaissance de ce nouveau danger.

15. Les ours blancs

Après le départ de Louis Cornbutte, Penellan avait soigneusement fermé la porte du logement, qui s'ouvrait au bas de l'escalier du pont. Il revint près du poêle, qu'il se chargea de garder pendant que ses compagnons regagnaient leur lit pour y retrouver un peu de chaleur.

Il était alors six heures du soir, et Penellan se mit à préparer le souper. Il descendit à la cambuse pour chercher de la viande salée, qu'il voulait faire amollir dans l'eau bouillante. Quand il remonta, il trouva sa place prise par André Vasling, qui avait mis des morceaux de graisse à cuire dans la bassine.

«J'étais là avant vous, dit brusquement Penellan à André Vasling. Pourquoi avez-vous pris ma place?

— Par la raison qui vous fait la réclamer, répondit André Vasling, parce que j'ai besoin de faire cuire mon souper!

— Vous enlèverez cela tout de suite, répliqua Penellan, ou nous verrons!

— Nous ne verrons rien, répondit André Vasling, et ce souper cuira malgré vous!

— Vous n'y goûterez donc pas!» s'écria Penellan, en s'élançant sur André Vasling, qui saisit son coutelas, en s'écriant :

«À moi, les Norvégiens! à moi, Aupic!»

Ceux-ci, en un clin d'œil, furent sur pied, armés de pistolets et de poignards. Le coup était préparé.

Penellan se précipita sur André Vasling, qui s'était sans doute donné le rôle de le combattre tout seul, car ses compagnons coururent aux lits de Misonne, de Turquiette et de Pierre Nouquet. Ce dernier, sans défense, accablé par la maladie, était livré à la férocité d'Herming. Le charpentier, lui, saisit une hache, et, quittant son lit, il se jeta à la rencontre d'Aupic. Turquiette et le Norvégien Jocki luttaient avec acharnement. Gervique et Gradlin, en proie à d'atroces souffrances, n'avaient même pas conscience de ce qui se passait auprès d'eux.

Pierre Nouquet reçut bientôt un coup de poignard dans le côté, et Herming revint sur Penellan, qui se battait avec rage. André Vasling l'avait saisi à bras-le-corps.

Mais, dès le commencement de la lutte, la bassine avait été renversée sur le fourneau, et la graisse, se répandant sur les charbons ardents, imprégnait l'atmosphère d'une odeur infecte. Marie se leva en poussant des cris de désespoir, et se précipita vers le lit où râlait[1] le vieux Jean Cornbutte.

André Vasling, moins vigoureux que Penellan, sentit bientôt ses bras repoussés par ceux du timonier. Ils étaient trop près l'un de l'autre pour pouvoir faire usage de leurs armes. Le second, apercevant Herming, s'écria :

«À moi! Herming!

– À moi! Misonne!» cria Penellan à son tour.

Mais Misonne se roulait à terre avec Aupic, qui cherchait à le percer de son coutelas. La hache du charpentier était une arme peu favorable à sa défense, car il ne pouvait la manœuvrer, et il avait toutes les peines du monde à parer les coups de poignard qu'Aupic lui portait.

Cependant, le sang coulait au milieu des rugissements et des cris. Turquiette, terrassé par Jocki, homme d'une force

---

1. *Râlait* : poussait des cris d'agonie.

peu commune, avait reçu un coup de poignard à l'épaule, et il cherchait en vain à saisir un pistolet passé à la ceinture du Norvégien. Celui-ci l'étreignait comme dans un étau, et aucun mouvement ne lui était possible.

Au cri d'André Vasling, que Penellan acculait[1] contre la porte d'entrée, Herming accourut. Au moment où il allait porter un coup de coutelas dans le dos du Breton, celui-ci, d'un coup de pied vigoureux, l'étendit à terre. L'effort qu'il fit permit à André Vasling de dégager son bras droit des étreintes de Penellan; mais la porte d'entrée, sur laquelle ils pesaient de tout leur poids, se défonça subitement, et André Vasling tomba à la renverse.

Soudain, un rugissement terrible éclata, et un ours gigantesque apparut sur les marches de l'escalier. André Vasling l'aperçut le premier. Il n'était pas à quatre pieds[2] de lui. Au même moment, une détonation se fit entendre, et l'ours, blessé ou effrayé, rebroussa chemin. André Vasling, qui était parvenu à se relever, se mit à sa poursuite, abandonnant Penellan.

Le timonier replaça alors la porte défoncée et regarda autour de lui. Misonne et Turquiette, étroitement garrottés[3] par leurs ennemis, avaient été jetés dans un coin et faisaient de vains efforts pour rompre leurs liens. Penellan se précipita à leur secours, mais il fut renversé par les deux Norvégiens et Aupic. Ses forces épuisées ne lui permirent pas de résister à ces trois hommes, qui l'attachèrent de façon à lui interdire tout mouvement. Puis, aux cris du second, ceux-ci s'élancèrent sur le pont, croyant avoir affaire à Louis Cornbutte.

Là, André Vasling se débattait contre un ours, auquel il avait porté deux coups de poignard. L'animal, frappant l'air

---

1. *Acculait* : poussait.
2. *Il n'était pas à quatre pieds* : il était à moins de 1,3 m.
3. *Garrotés* : ligotés.

112 | Un hivernage dans les glaces

de ses pattes formidables, cherchait à atteindre Vasling. Celui-ci, peu à peu acculé contre le bastingage, était perdu, quand une seconde détonation retentit. L'ours tomba. André Vasling leva la tête et aperçut Louis Cornbutte dans les enfléchures[1]
90 du mât de misaine, le fusil à la main. Louis Cornbutte avait visé l'ours au cœur, et l'ours était mort.

La haine domina la reconnaissance dans le cœur de Vasling; mais, avant de la satisfaire, il regarda autour de lui. Aupic avait eu la tête brisée d'un coup de patte, et gisait sans
95 vie sur le pont. Jocki, une hache à la main, parait, non sans peine, les coups que lui portait ce second ours, qui venait de tuer Aupic. L'animal avait reçu deux coups de poignard, et cependant il se battait avec acharnement. Un troisième ours se dirigeait vers l'avant du navire.

100 André Vasling ne s'en occupa donc pas, et, suivi d'Herming, il vint au secours de Jocki; mais Jocki, saisi entre les pattes de l'ours, fut broyé, et quand l'animal tomba sous les coups d'André Vasling et d'Herming, qui déchargèrent sur lui leurs pistolets, il ne tenait plus qu'un cadavre entre ses pattes.

105 «Nous ne sommes plus que deux, dit André Vasling d'un air sombre et farouche; mais, si nous succombons, ce ne sera pas sans vengeance!»

Herming rechargea son pistolet, sans répondre. Avant tout, il fallait se débarrasser du troisième ours. André Vasling
110 regarda du côté de l'avant et ne le vit pas. En levant les yeux, il l'aperçut debout sur le bastingage et grimpant déjà aux enfléchures pour atteindre Louis Cornbutte. André Vasling laissa tomber son fusil, qu'il dirigeait sur l'animal et une joie féroce se peignit dans ses yeux.

115 «Ah! s'écria-t-il, tu me dois bien cette vengeance-là!»

---

1. *Enfléchures* : cordages formant des échelons pour permettre de grimper le long des mâts.

Cependant Louis Cornbutte s'était réfugié dans la hune de misaine. L'ours montait toujours, et il n'était plus qu'à six pieds[1] de Louis, quand celui-ci épaula son fusil et visa l'animal au cœur.

De son côté, André Vasling épaula le sien pour frapper Louis si l'ours tombait.

Louis Cornbutte tira, mais il ne parut pas que l'ours eût été touché, car il s'élança d'un bond sur la hune. Tout le mât en tressaillit.

André Vasling poussa un cri de joie.

«Herming! cria-t-il au matelot norvégien, va me chercher Marie! Va me chercher ma fiancée!»

Herming descendit l'escalier du logement.

Cependant, l'animal furieux s'était précipité sur Louis Cornbutte, qui chercha un abri de l'autre côté du mât; mais, au moment où sa patte énorme s'abattait pour lui briser la tête, Louis Cornbutte, saisissant l'un des galhaubans[2], se laissa glisser jusqu'à terre, non pas sans danger, car, à moitié chemin, une balle siffla à ses oreilles. André Vasling venait de tirer sur lui et l'avait manqué. Les deux adversaires se retrouvèrent donc en face l'un de l'autre, le coutelas à la main.

Ce combat devait être décisif. Pour assouvir pleinement sa vengeance, pour faire assister la jeune fille à la mort de son fiancé, André Vasling s'était privé du secours d'Herming. Il ne devait donc plus compter que sur lui-même.

Louis Cornbutte et André Vasling se saisirent chacun au collet, et se tinrent de façon à ne pouvoir plus reculer. Des deux l'un devait tomber mort. Ils se portèrent de violents coups, qu'ils ne portèrent qu'à demi, car le sang coula bientôt de part et d'autre. André Vasling cherchait à jeter son bras

---

1. *Six pieds* : près de 2 m.
2. *Galhaubans* : grosses cordes fixées sur les mâts.

droit autour du cou de son adversaire pour le terrasser. Louis Cornbutte, sachant que celui qui tomberait était perdu, le prévint[1], et il parvint à le saisir de ses deux bras; mais, dans ce mouvement, son poignard lui échappa de la main.

150 Des cris affreux arrivèrent en ce moment à son oreille. C'était la voix de Marie, qu'Herming voulait entraîner. La rage prit Louis Cornbutte au cœur; il se raidit pour faire plier les reins d'André Vasling; mais, à ce moment, les deux adversaires se sentirent saisis tous les deux dans une étreinte 155 puissante.

L'ours, descendu de la hune de misaine, s'était précipité sur ces deux hommes.

André Vasling était appuyé contre le corps de l'animal. Louis Cornbutte sentait les griffes du monstre lui entrer dans 160 les chairs. L'ours les atteignait tous deux.

«À moi! à moi! Herming! put crier le second.

– À moi! Penellan!» s'écria Louis Cornbutte.

Des pas se firent entendre sur l'escalier. Penellan parut, arma son pistolet et le déchargea dans l'oreille de l'animal.

165 Celui-ci poussa un rugissement. La douleur lui fit ouvrir un instant les pattes, et Louis Cornbutte, épuisé, glissa sans mouvement sur le pont; mais l'animal, les refermant avec force dans une suprême agonie, tomba en entraînant le misérable André Vasling, dont le cadavre fut broyé sous lui.

170 Penellan se précipita au secours de Louis Cornbutte. Aucune blessure grave ne mettait sa vie en danger, et le souffle seul lui avait manqué un moment.

«Marie!... dit-il en ouvrant les yeux.

– Sauvée! répondit le timonier. Herming est étendu là,
175 avec un coup de poignard au ventre!

---

1. *Prévint* : devança.

– Et ces ours ?...

– Morts, Louis, morts comme nos ennemis ! Mais on peut dire, sans ces bêtes-là, nous étions perdus ! Vraiment ! ils sont venus à notre secours ! Remercions donc la Providence[1] ! »

Louis Cornbutte et Penellan descendirent dans le logement, et Marie se précipita dans leurs bras.

---

1. *La Providence* : Dieu gouvernant le monde qu'il a créé.

16. Conclusion

Herming, mortellement blessé, avait été transporté sur un lit par Misonne et Turquiette, qui étaient parvenus à briser leurs liens. Ce misérable râlait déjà, et les deux marins s'occupèrent de Pierre Nouquet, dont la blessure n'offrit heureusement pas de gravité.

Mais un plus grand malheur devait frapper Louis Cornbutte. Son père ne donnait plus aucun signe de vie. Était-il mort avec l'anxiété de voir son fils livré à ses ennemis? Avait-il succombé avant cette terrible scène? On ne sait. Mais le pauvre vieux marin, brisé par la maladie, avait cessé de vivre!

À ce coup inattendu, Louis Cornbutte et Marie tombèrent dans un désespoir profond, puis ils s'agenouillèrent près du lit et pleurèrent en priant pour l'âme de Jean Cornbutte.

Penellan, Misonne et Turquiette les laissèrent seuls dans cette chambre et remontèrent sur le pont. Les cadavres des trois ours furent tirés à l'avant. Penellan résolut de garder leur fourrure, qui devait être d'une grande utilité; mais il ne pensa pas un seul moment à manger leur chair. D'ailleurs, le nombre des hommes à nourrir était bien diminué maintenant. Les cadavres d'André Vasling, d'Aupic et de Jocki, jetés dans une fosse creusée sur la côte, furent bientôt rejoints par celui d'Herming. Le Norvégien mourut dans la nuit sans repentir ni remords, l'écume de la rage à la bouche.

²⁵ Les trois marins réparèrent la tente, qui, crevée en plusieurs endroits, laissait la neige tomber sur le pont. La température était excessivement froide et dura ainsi jusqu'au retour du soleil, qui ne reparut au-dessus de l'horizon que le 8 janvier.

³⁰ Jean Cornbutte fut enseveli sur cette côte. Il avait quitté son pays pour retrouver son fils, et il était venu mourir sous ce climat affreux ! Sa tombe fut creusée sur une hauteur, et les marins y plantèrent une simple croix de bois.

Depuis ce jour, Louis Cornbutte et ses compagnons passèrent encore par de cruelles épreuves ; mais les citrons, qu'ils avaient retrouvés, leur rendirent la santé.

Gervique, Gradlin et Pierre Nouquet purent se lever, une quinzaine de jours après ces terribles événements, et prendre un peu d'exercice.

⁴⁰ Bientôt, la chasse devint plus facile et plus abondante. Les oiseaux aquatiques revenaient en grand nombre. On tua souvent une sorte de canard sauvage, qui procura une nourriture excellente. Les chasseurs n'eurent à déplorer d'autre perte que celle de deux de leurs chiens, qu'ils perdirent dans une entreprise pour reconnaître, à vingt-cinq milles[1] dans le sud, l'état de la plaine de glace.

Le mois de février fut signalé par de violentes tempêtes et des neiges abondantes. La température moyenne fut encore de vingt-cinq degrés au-dessous de zéro, mais les hiverneurs ⁵⁰ n'en souffrirent pas, par comparaison. D'ailleurs, la vue du soleil, qui s'élevait de plus en plus au-dessus de l'horizon, les réjouissait, en leur annonçant la fin de leurs tourments. Il faut croire aussi que le Ciel eut pitié d'eux, car la chaleur fut précoce cette année. Dès le mois de mars, quelques corbeaux

---

1. *Vingt-cinq milles* : environ 46 km.

furent aperçus, voltigeant autour du navire. Louis Cornbutte captura des grues[1] qui avaient poussé jusque-là leurs pérégrinations septentrionales[2]. Des bandes d'oies sauvages se laissèrent aussi entrevoir dans le sud.

Ce retour des oiseaux indiquait une diminution du froid. Cependant, il ne fallait pas trop s'y fier, car, avec un changement de vent, ou dans les nouvelles ou pleines lunes, la température s'abaissait subitement, et les marins étaient forcés de recourir à leurs précautions les plus grandes pour se prémunir contre elle. Ils avaient déjà brûlé tous les bastingages du navire pour se chauffer, les cloisons du rouf[3] qu'ils n'habitaient pas, et une grande partie du faux pont[4]. Il était donc temps que cet hivernage finît. Heureusement, la moyenne de mars ne fut pas plus de seize degrés au-dessous de zéro. Marie s'occupa de préparer de nouveaux vêtements pour cette précoce saison de l'été.

Depuis l'équinoxe[5], le soleil s'était constamment maintenu au-dessus de l'horizon. Les huit mois de jour avaient commencé. Cette clarté perpétuelle et cette chaleur incessante, quoique excessivement faibles, ne tardèrent pas à agir sur les glaces.

Il fallait prendre de grandes précautions pour lancer *La Jeune Hardie* du haut lit de glaçons qui l'entourait. Le navire fut en conséquence solidement étayé[6], et il parut convenable d'attendre que les glaces fussent brisées par la débâcle ; mais

---

1. *Grues* : grands oiseaux échassiers.
2. *Pérégrinations septentrionales* : voyages vers le nord.
3. *Du rouf* : de l'abri de bois situé sur le pont d'un navire.
4. *Faux pont* : pont situé sous le pont principal.
5. *Équinoxe* : moment de l'année où la durée des jours est égale à celle des nuits. Il se produit une équinoxe au printemps (le 21 mars) et à l'automne (le 23 septembre).
6. *Étayé* : consolidé.

les glaçons inférieurs, reposant dans une couche d'eau déjà plus chaude, se détachèrent peu à peu, et le brick redescendit insensiblement. Vers les premiers jours d'avril, il avait repris son niveau naturel.

Avec le mois d'avril vinrent les pluies torrentielles, qui, répandues à flots sur la plaine de glace, hâtèrent encore sa décomposition. Le thermomètre remonta à dix degrés au-dessous de zéro. Quelques hommes ôtèrent leurs vêtements de peaux de phoque, et il ne fut plus nécessaire d'entretenir un poêle jour et nuit dans le logement. La provision d'esprit-de-vin, qui n'était pas épuisée, ne fut plus employée que pour la cuisson des aliments.

Bientôt, les glaces commencèrent à se briser avec de sourds craquements. Les crevasses se formaient avec une grande rapidité, et il devenait imprudent de s'avancer sur la plaine, sans un bâton pour sonder les passages, car des fissures serpentaient çà et là. Il arriva même que plusieurs marins tombèrent dans l'eau, mais ils en furent quittes pour un bain encore un peu froid.

Les phoques revinrent à cette époque, et on leur donna souvent la chasse, leur graisse devant être utilisée.

La santé de tous demeurait excellente. Le temps était rempli par les préparatifs de départ et par les chasses. Louis Cornbutte allait souvent étudier les passes, et, d'après la configuration de la côte méridionale, il résolut de tenter le passage plus au sud. Déjà la débâcle s'était produite dans différents endroits, où quelques glaçons flottants se dirigeaient vers la haute mer. Le 25 avril, le navire fut mis en état. Les voiles, tirées de leur étui, étaient dans un parfait état de conservation; ce fut une joie véritable pour les marins de les voir se balancer au souffle du vent. Le navire tressaillit, car il avait retrouvé sa ligne de flottaison[1], et, quoiqu'il ne pût pas encore bouger, il reposait cependant dans son élément naturel.

Au mois de mai, le dégel se fit rapidement. La neige qui couvrait le rivage fondait de tous côtés et formait une boue épaisse, qui rendait la côte presque inabordable. De petites bruyères, roses et pâles, se montraient timidement à travers les restes de neige et semblaient sourire à ce peu de chaleur. Le thermomètre remonta enfin au-dessus de zéro.

À vingt milles[2] du navire, au sud, les glaçons, complètement détachés, voguaient alors vers l'océan Atlantique. Bien que la mer ne fût pas entièrement libre autour du navire, il s'établissait des passes dont Louis Cornbutte voulut profiter.

Le 21 mai, après une dernière visite au tombeau de son père, Louis Cornbutte abandonna enfin la baie d'hivernage. Le cœur de ces braves marins se remplit en même temps de joie et de tristesse, car on ne quitte pas sans regret les lieux où l'on a vu mourir un ami. Le vent soufflait du nord et favorisait le départ du brick. Souvent il fut arrêté par des bancs de glace, que l'on dut couper à la scie ; souvent des glaçons se dressèrent devant lui, et il fallut employer la mine pour les faire sauter. Pendant un mois encore, la navigation fut pleine de dangers, qui mirent souvent le navire à deux doigts de sa perte ; mais l'équipage était hardi et accoutumé à ces périlleuses manœuvres. Penellan, Pierre Nouquet, Turquiette, Fidèle Misonne faisaient à eux seuls l'ouvrage de dix matelots, et Marie avait des sourires de reconnaissance pour chacun.

La Jeune Hardie fut enfin délivrée des glaces à la hauteur de l'île Jean-Mayen. Vers le 25 juin, le brick rencontra des

---

1. *Ligne de flottaison* : limite entre la partie immergée et la partie émergée de la coque d'un bateau.
2. *Vingt milles* : environ 37 km.

navires qui se rendaient dans le Nord, pour la pêche des phoques et de la baleine. Il avait mis près d'un mois à sortir de la mer polaire.

Le 16 août, *La Jeune Hardie* se trouvait en vue de Dunkerque. Elle avait été signalée par la vigie, et toute la population du port accourut sur la jetée. Les marins du brick tombèrent bientôt dans les bras de leurs amis. Le vieux curé reçut Louis Cornbutte et Marie sur son cœur, et, des deux messes qu'il dit les deux jours suivants, la première fut pour le repos de l'âme de Jean Cornbutte, et la seconde pour bénir les deux fiancés, unis depuis si longtemps par le malheur.

FIN

DOSSIER

Parcours dans l'œuvre

***La Jeune Hardie* à la recherche des marins disparus**

Fascination polaire

Le traître, source d'inspiration

Dangereuses aventures (groupement de textes)

Lecture de l'image

La fonte des glaces (EMI)

Un livre, un film : *Tout en haut du monde* de Rémi Chayé (2016)

Parcours dans l'œuvre

Parcours de lecture n° 1 (chapitre 1)
Questions sur le texte
1. Où et quand se déroule l'action du premier chapitre ? Ces indications sont-elles précises ?
2. Quel heureux événement se prépare ? Qui sont les trois personnages concernés ? Que sait-on sur eux ?
3. Quel fait tragique vient en empêcher la réalisation ? Par quel signe ce fait est-il annoncé ?

Pour aller plus loin : une source d'inspiration mythologique
Effectuez une recherche sur le personnage mythologique d'Égée. En quoi peut-on dire que Jules Verne s'est inspiré de sa légende dans ce premier chapitre ? De quel autre mythe cet épisode peut-il être rapproché ?

Parcours de lecture n° 2 (chapitres 5 à 8)
Questions sur le texte
1. Quels avantages les membres de l'expédition retirent-ils de leur escale sur l'île Liverpool ?
2. Aux chapitres 5 et 7, quels préparatifs l'équipage fait-il en vue de l'hivernage ?
3. Pourquoi l'auteur accorde-t-il autant d'importance au récit de ces préparatifs ?
4. Au fil des chapitres 5 à 8, comment le personnage d'André Vasling évolue-t-il ?

Pour aller plus loin : les mots du marin
1. Complétez le texte qui suit avec les mots de cette liste (tous figurent dans *Un hivernage dans les glaces* et font

Dossier | 125

l'objet d'une note de bas de page) : avarie; brick; cambuse; estacade; perroquet; pont; scorbut; timonier; vergue; vigie.

Un magnifique............ longeait l'..................... du port de Dunkerque. Bien que revenant d'un long voyage, il paraissait n'avoir subi aucune......................... Le capitaine avait fait baisser toutes les voiles sauf le......................... À la barre, le............................ dirigeait le navire tandis qu'une................, debout sur la........ du grand-mât, adressait des signes à la foule massée sur le quai. Le cuisinier était sorti de sa.................. et avait rejoint les autres matelots sur le......... Tous paraissaient en bonne santé et aucun n'avait eu à souffrir du...............

2. En vous aidant des notes de bas de page et d'un dictionnaire, retrouvez dans le dessin de brick ci-contre à quelle partie du bateau correspond chacun des termes suivants : pont; voile carguée; voile larguée; hauban; ligne de flottaison; bastingage; mât de misaine; perroquet; cacatois.

Parcours de lecture n° 3 (chapitres 9 à 11)
Questions sur le texte
1. Quels désagréments les membres de l'expédition endurent-ils lors de leur voyage en traîneau, entre le 23 octobre et le 1er novembre ?
2. Que décide Jean Cornbutte le soir du 1er novembre ?
3. Pourquoi les héros ne rebroussent-ils pas chemin comme prévu le 5 novembre au matin ?

Pour aller plus loin : la progression du suspens (chapitres 10 et 11)
1. Quels sont les principaux dangers qui menacent les héros au chapitre 10 ?

2. Dans le dialogue où Penellan apprend à Jean qu'ils sont bloqués dans leur abri de fortune, et dans le récit du narrateur qui l'encadre (chapitre 10), quel type de phrases domine ? Quel est l'effet produit sur le lecteur ?

3. Quelles tentatives font-ils pour se sauver ? avec quel succès ?

4. Au chapitre 11, quel nouvel événement accroît encore le danger ?

5. Montrez que, au cours du chapitre 11, les héros voient leur situation évoluer rapidement.

6. Pourquoi le chapitre s'achève-t-il sur l'exclamation de Jean Cornbutte ?

7. À ce point du récit, quelles questions le lecteur se pose-t-il sur la suite de l'histoire ?

Parcours de lecture n° 4 (chapitres 12 à 15)

Questions sur le texte

1. Quels nouveaux dangers menacent les héros quand ils retrouvent leurs compagnons à bord de *La Jeune Hardie* ?

2. Pourquoi André évite-t-il l'affrontement direct avec Louis ? Sur quel avantage compte-t-il pour l'emporter ?

3. De quels nouveaux défauts André Vasling fait-il preuve lors de l'attaque des ours blancs ?

Pour aller plus loin : le point de vue du narrateur
(chapitre 13, du début à « fait la loi ! », p. 101-102)

1. Relevez les mots qui indiquent que le narrateur désapprouve le comportement d'André. Trouvez pour chacun d'eux un équivalent neutre. Pour quel terme est-ce impossible ? Selon vous, pourquoi ?

2. Relevez les mots qui marquent l'autorité de Louis. Quel défaut de caractère soulignent-ils ?

3. Quel registre de langue les deux adversaires utilisent-ils lors du dialogue qui les oppose ? Quel est l'effet produit ?

Exercice d'écriture

Faites le récit, à la troisième personne, d'une dispute entre deux élèves : dans votre narration, employez des termes montrant que vous désapprouvez l'un des deux adversaires ; dans les dialogues, évitez de recourir à un vocabulaire trop familier.

La Jeune Hardie à la recherche des marins disparus

Retracez sur la carte p. 130 l'itinéraire emprunté par les marins de *La Jeune Hardie* pour retrouver Louis et ses compagnons naufragés, depuis leur départ de Dunkerque, jusqu'à leur retour ; à l'aide d'un repérage différent, vous distinguerez l'itinéraire maritime (suivi par *La Jeune Hardie*) de l'itinéraire terrestre (emprunté par l'expédition sur la côte orientale du Groenland).

Fascination polaire

Expéditions polaires à l'époque de Jules Verne

Durant tout le XIXe siècle, et bien au-delà, l'exploration des pôles a fasciné scientifiques, aventuriers et écrivains.

■ De Dunkerque au Groenland : les lieux de l'aventure de *La Jeune Hardie*.

Complétez le tableau en attribuant à chaque explorateur ses dates, sa nationalité et ses principales découvertes. Vous pourrez ensuite effectuer une recherche plus détaillée sur l'un d'entre eux et la présenter à la classe.

	Dates (naissance-mort)	Nationalité	Explorations
Dumont d'Urville			
Roald Amundsen			
Robert Peary			
John Franklin			
Fridtjof Nansen			
Charles Francis Hall			
Jean-Baptiste Charcot			
Robert Falcon Scott			

Faune arctique et antarctique

À leur découverte, de nombreux animaux de l'Arctique et de l'Antarctique se sont vu attribuer des surnoms permettant de les rapprocher d'animaux connus en Europe. Effectuez une rapide recherche pour identifier chacun des animaux suivants : veau marin ; biche de mer ; vache marine ; lion de mer ; éléphant de mer ; léopard de mer.

Le traître, source d'inspiration

Les personnages de traîtres sont nombreux, qu'ils aient réellement existé ou qu'ils soient purement fictifs. Complétez le tableau ci-dessous à l'aide des indices fournis et en effectuant une recherche dans des dictionnaires (des noms propres et des personnages) ou sur Internet.

	Nom du personnage	Titre de l'œuvre et nom de l'auteur
J'encourage la jalousie de mon maître qui finit par étrangler sa femme Desdémone		
« Toi aussi, mon fils », me dit mon père adoptif Jules César en expirant sous mes coups de poignard		
Aussi séduisante que maléfique, je suis l'ennemie jurée de d'Artagnan et des mousquetaires		
Ma femme et moi trompons la confiance de Fantine en lui faisant croire que nous nous occupons bien de sa petite Cosette		

	Nom du personnage	Titre de l'œuvre et nom de l'auteur
Je semble être l'ami du jeune Jim Hawkins parti chercher fortune à bord de l'*Hispaniola*, mais derrière mon apparence joviale se cache un redoutable pirate		
Puissant magicien, je trahis elfes et hommes pour m'allier à Sauron dans sa quête de l'Anneau Unique		
Je me suis dévoué au côté obscur de la Force : mon masque noir cache un visage atrocement défiguré		
« Je veux être calife à la place du calife ! » est mon cri de guerre. Hélas, malgré l'aide que je reçois de mon fidèle Dilat Laraht, le calife Haroun-El-Poussah peut dormir sur ses deux oreilles...		
Trente deniers : voilà le prix de ma trahison. Depuis plus de deux millénaires, mon nom reste le symbole de l'infamie pour tous les chrétiens		
J'ai sur la conscience la mort du neveu de Charlemagne car j'ai révélé à ses ennemis qu'il franchirait le col de Roncevaux		

Dossier | 133

Dangereuses aventures (groupement de textes)

Parce que, au XIXe siècle, elles sont encore pratiquement inexplorées, les immenses étendues polaires sont les lieux de tous les dangers et de tous les fantasmes romanesques. Dès 1838, l'Américain Edgar Allan Poe l'a bien compris : avec *Les Aventures d'Arthur Gordon Pym*, il ouvre une voie que Jules Verne exploitera abondamment. Navigation périlleuse parmi les icebergs, bandes d'ours affamés, terres inconnues à découvrir au bout du voyage… : tous ces ingrédients du récit d'aventures se retrouvent dans les extraits qui suivent comme dans *Un hivernage dans les glaces*.

Edgar Allan Poe, *Les Aventures d'Arthur Gordon Pym* (1838)

Le narrateur, un jeune Américain nommé Arthur Gordon Pym, rêve de parcourir les mers. Avec la complicité d'un de ses amis, il embarque clandestinement sur le *Grampus*. Après de multiples péripéties, le bateau est pris dans une tempête et finit par sombrer. Seuls rescapés, Arthur et le marin Dirk Peters sont recueillis à bord de la *Jane Guy*, une goélette faisant voile vers le pôle Sud pour chasser le veau marin.

10 janvier. – D'assez grand matin nous eûmes le malheur de perdre un homme, qui tomba à la mer. C'était un Américain, nommé Peter Vredenburgh, natif de New York, et l'un des meilleurs matelots que possédât la goélette. En passant sur l'avant, le pied lui glissa, et il tomba entre deux quartiers de glace pour ne jamais se relever. Ce jour-là, à midi, nous étions par 78° 30′ de latitude et 40° 15′ de longitude ouest. Le froid était maintenant excessif, et nous attrapions continuellement des rafales de grêle du nord-est. Nous vîmes encore dans cette direction quelques banquises énormes, et tout l'horizon à l'est semblait fermé par une région de glaces élevant et superposant ses masses en amphithéâtre. Le soir, nous aperçûmes quelques blocs de bois flottant à la dérive, et au-dessus planait une immense quantité d'oiseaux, parmi lesquels se trouvaient des *nellies*[1], des pétrels, des albatros, et un gros oiseau bleu du plus brillant plumage. La variation, par azimut[2], était alors un peu moins considérable que précédemment, lorsque nous avions traversé le cercle Antarctique.

12 janvier. – Notre passage vers le sud est redevenu une chose fort douteuse; car nous ne pouvions rien voir dans la direction du pôle qu'une banquise en apparence sans limites, adossée contre de véritables montagnes de glace dentelée, qui formaient des précipices sourcilleux[3], échelonnés les uns sur les autres. Nous avons porté à l'ouest jusqu'au 14, dans l'espérance de découvrir un passage.

14 janvier. – Le matin du 14, nous atteignîmes l'extrémité ouest de la banquise énorme qui nous barrait le passage, et, l'ayant doublée, nous débouchâmes dans une mer libre où il n'y avait plus un morceau de glace. En sondant avec une ligne de deux cents brasses[4], nous trouvâmes un courant portant au sud avec une vitesse d'un demi-mille[5] par heure. La température de l'air était à 47, celle de l'eau à 34[6]. Nous cinglâmes vers le sud,

---

1. *Nellies* : pétrels géants, grands oiseaux de mer.
2. *Par azimut* : par la mesure de l'angle entre le plan sur lequel se situe une étoile et celui où se trouve l'observateur.
3. *Sourcilleux* : ici, hauts, élevés.
4. *Deux cents brasses* : environ 320 m.
5. *Un demi-mille* : environ 900 m.
6. *47, 34* : exprimées en degrés Fahrenheit, ces températures correspondent respectivement à 8 °C (47 °F) et 1 °C (34 °F).

sans rencontrer aucun obstacle grave, jusqu'au 16; à midi, nous étions par 81° 21′ de latitude et 42° de longitude ouest. Nous jetâmes de nouveau la sonde, et nous trouvâmes un courant portant toujours au sud avec une vitesse de trois quarts de mille[1] par heure. La variation par azimut avait diminué, et la température était douce et agréable, le thermomètre marquant déjà 51[2]. À cette époque, on n'apercevait plus un morceau de glace. Personne à bord ne doutait plus de la possibilité d'atteindre le pôle.

17 janvier. – Cette journée a été pleine d'incidents. D'innombrables bandes d'oiseaux passaient au-dessus de nous, se dirigeant vers le sud, et nous leur tirâmes quelques coups de fusil ; l'un d'eux, une espèce de pélican, nous fournit une nourriture excellente. Vers le milieu du jour, l'homme de vigie[3] découvrit par notre bossoir[4] de bâbord un petit banc de glace et une espèce d'animal fort gros qui semblait reposer dessus. Comme le temps était beau et presque calme, le capitaine Guy donna l'ordre d'amener deux embarcations et d'aller voir ce que ce pouvait être. Dirk Peters et moi, nous accompagnâmes le second dans le plus grand des deux canots. En arrivant au banc de glace, nous vîmes qu'il était occupé par un ours gigantesque de l'espèce arctique, mais d'une dimension qui dépassait de beaucoup celle du plus gros de ces animaux. Comme nous étions bien armés, nous n'hésitâmes pas à l'attaquer tout d'abord. Plusieurs coups de feu furent tirés rapidement, dont la plupart atteignirent évidemment l'animal à la tête et au corps. Toutefois, le monstre, sans s'en inquiéter autrement, se précipita de son bloc de glace et se mit à nager, les mâchoires ouvertes, vers l'embarcation où nous étions, moi et Peters. À cause de la confusion qui s'ensuivit parmi nous et de la tournure inattendue de l'aventure, personne

---

1. *Trois quarts de mille* : environ 1,4 km.
2. *51* : 51 °F, soit 10 °C.
3. *Vigie* : voir note 1, p. 50.
4. *Bossoir* : grosse pièce de bois située à l'avant du navire.

n'avait pu apprêter immédiatement son second coup, et l'ours avait positivement réussi à poser la moitié de sa masse énorme en travers de notre plat-bord[1] et à saisir un de nos hommes par les reins, avant qu'on eût pris les mesures suffisantes pour le repousser. Dans cette extrémité, nous ne fûmes sauvés que par l'agilité et la promptitude de Peters. Sautant sur le dos de l'énorme bête, il lui enfonça derrière le cou la lame d'un couteau et atteignit du premier coup la moelle épinière. L'animal retomba dans la mer sans faire le moindre effort, inanimé, mais entraînant Peters dans sa chute et roulant sur lui. Celui-ci se releva bientôt; on lui jeta une corde, et, avant de remonter dans le canot, il attacha le corps de l'animal vaincu. Nous retournâmes en triomphe à la goélette, en remorquant notre trophée à la traîne. Cet ours, quand on le mesura, se trouva avoir quinze bons pieds[2] dans sa plus grande longueur. Son poil était d'une blancheur parfaite, très rude et frisant très serré. Les yeux étaient d'un rouge de sang, plus gros que ceux de l'ours arctique – le museau plus arrondi et ressemblant presque au museau d'un bouledogue. La chair en était tendre, mais excessivement rance[3] et sentant le poisson; cependant les hommes s'en régalèrent avec avidité[4], et la déclarèrent une nourriture excellente.

Les Aventures d'Arthur Gordon Pym,
trad. Charles Baudelaire, Omnibus, 2005,
chap. 17, p. 200-203.

Questions

1. À quelle personne le récit est-il écrit? Comment est-il divisé? Comment appelle-t-on ce type de récit?

---

1. *Plat-bord* : voir note 4, p. 53.
2. *Quinze bons pieds* : plus de 5 m.
3. *Rance* : au goût âcre.
4. *Avidité* : appétit, gloutonnerie.

2. Quels dangers menacent les navigateurs du 10 au 14 janvier ?
3. Quelles ressources alimentaires la nature leur fournit-elle ?
4. L'épisode de l'ours blanc vous paraît-il vraisemblable ? Pourquoi ?
5. Dans quelle mesure cet épisode a-t-il pu influencer Jules Verne pour *Un hivernage dans les glaces* ?

Jules Verne, *Le Sphinx des glaces* (1897)

Après avoir lu et apprécié le roman d'Edgar Allan Poe intitulé *Les Aventures d'Arthur Gordon Pym*, Jules Verne imagine de lui donner une suite. Paru en 1897, *Le Sphinx des glaces* met en scène le capitaine Len Guy, parti à la recherche du bateau de son frère, la *Jane*, disparu depuis plusieurs années et à bord duquel se trouvait Arthur Gordon Pym. Alors que Len Guy fait escale aux îles Kerguelen, le narrateur se joint à l'expédition. Arrivés à proximité du pôle Sud, le capitaine aperçoit un bloc de glace à la dérive et décide de s'en approcher.

Le capitaine Len Guy l'observait toujours, et sans qu'il eût besoin de recourir à sa longue-vue. On commençait même à distinguer un corps étranger qui, peu à peu, se dégageait à mesure que s'opérait la fusion, – une forme, de couleur noirâtre, étendue sur la couche blanche.

Et quelle fut notre surprise, mêlée d'horreur, lorsqu'on vit un bras apparaître, puis une jambe, puis un torse, puis une tête, non point en état de nudité, mais recouverts de vêtements sombres…

Un instant, je crus même que ces membres remuaient… que ces mains se tendaient vers nous…

L'équipage ne put retenir un cri.

Non ! ce corps ne s'agitait pas, mais il glissait doucement sur la surface glacée...

Je regardai le capitaine Len Guy. Son visage était aussi livide que celui de ce cadavre, venu en dérive des lointaines latitudes de la zone australe[1] !

Ce qu'il y avait à faire, on le fit à l'instant pour recueillir ce malheureux – et qui sait si quelque souffle ne l'animait pas encore !... Dans tous les cas, ses poches contenaient peut-être quelque document qui permettrait d'établir son identité !... Puis, en les accompagnant d'une dernière prière, on abandonnerait ces restes humains aux profondeurs de l'Océan, ce cimetière des marins morts à la mer !...

Le canot fut descendu. Le bosseman[2] y prit place avec les matelots Gratian et Francis[3], placés chacun à un des avirons. Par la disposition contrariée de sa voilure, ses focs et sa trinquette traversés[4], sa brigantine bordée à bloc[5], Jem West avait cassé l'erre[6] de la goélette, presque immobile, s'élevant ou s'abaissant sur les longues lames.

Je suivais des yeux le canot, qui accosta la marge latérale du glaçon rongée par les eaux.

Hurliguerly prit pied à un endroit qui présentait encore quelque résistance. Gratian débarqua après lui, tandis que Francis maintenait le canot par la chaîne du grappin[7].

Tous deux rampèrent alors jusqu'au cadavre, le tirèrent l'un par les jambes, l'autre par les bras, et l'embarquèrent.

---

1. *La zone australe* : l'hémisphère Sud.
2. *Bosseman* : sous-officier de marine.
3. *Gratian*, *Francis* et, plus loin, *Jem West* et *Hurliguerly* sont des membres de l'équipage du capitaine Len Guy.
4. *Ses focs et sa trinquette traversés* : ses voiles transpercées.
5. *Bordée à bloc* : tendue à l'extrême.
6. *L'erre* : la vitesse.
7. *Grappin* : petite ancre d'embarcation à quatre pointes recourbées.

En quelques coups d'avirons, le bosseman eut rejoint la goélette.

Le cadavre, congelé de la tête aux pieds, fut déposé à l'emplanture[1] du mât de misaine[2].

Aussitôt le capitaine Len Guy alla vers lui et le considéra longuement, comme s'il eût cherché à le reconnaître.

Ce corps était celui d'un marin, vêtu d'une grossière étoffe, pantalon de laine, vareuse[3] rapiécée, chemise d'épais molleton[4], ceinture entourant deux fois sa taille. Nul doute que sa mort remontât à plusieurs mois déjà – peu après, probablement, que cet infortuné eût été entraîné par la dérive…

L'homme que nous avions ramené à bord ne devait pas avoir plus d'une quarantaine d'années, bien que ses cheveux fussent grisonnants. Sa maigreur était effrayante, – un squelette dont l'ossature saillait sous la peau. Il avait dû subir les affreuses tortures de la faim, pendant ce trajet d'au moins vingt degrés depuis le cercle polaire antarctique.

Le capitaine Len Guy venait de relever les cheveux de ce cadavre, conservé par le froid. Il lui redressa la tête, il chercha son regard sous les paupières collées l'une à l'autre, et enfin ce nom lui échappa avec un déchirement de sanglot :

« Patterson… Patterson !

– Patterson ?… » m'écriai-je.

Et il me sembla que ce nom, si commun qu'il fût, tenait par quelque lien à ma mémoire !… Quand l'avais-je entendu prononcer – ou bien ne l'avais-je pas lu quelque part ?…

Alors le capitaine Len Guy, debout, parcourut lentement l'horizon des yeux, comme s'il allait donner l'ordre de mettre le cap au sud…

---

1. *L'emplanture* : l'ouverture dans laquelle le mât d'un navire est posé.
2. *Mât de misaine* : voir note 4, p. 38.
3. *Vareuse* : blouse portée par les marins.
4. *Molleton* : tissu en laine ou en coton utilisé pour doubler les vêtements.

En ce moment, sur un mot de Jem West, le bosseman plongea sa main dans les poches du cadavre. Il en retira un couteau, un bout de fil de caret[1], une boîte à tabac vide, puis un carnet de cuir, muni d'un crayon métallique.

Le capitaine Len Guy se retourna et, au moment où Hurliguerly tendait le carnet à Jem West :

« Donne », dit-il.

Quelques feuillets étaient couverts d'une écriture que l'humidité avait presque entièrement effacée. Mais la dernière page portait des mots déchiffrables encore, et peut-on imaginer de quelle émotion je fus saisi, lorsque j'entendis le capitaine Len Guy lire d'une voix tremblante :

« La *Jane*... île Tsalal... par quatre-vingt trois... Là... depuis onze ans... Capitaine... cinq matelots survivants... Qu'on se hâte de les secourir... »

Et, sous ces lignes, un nom... une signature... le nom de Patterson...

Patterson !... Je me souvins alors !... C'était le second de la *Jane*... le second de cette goélette qui avait recueilli Arthur Pym et Dirk Peters sur l'épave du *Grampus*... la *Jane*, conduite jusqu'à cette latitude de l'île Tsalal... la *Jane* attaquée par les insulaires[2] et anéantie par l'explosion !...

Le Sphinx des glaces, *Les Quatre Éléments*,
« Les romans de l'eau », Omnibus, 2005, t. I,
première partie, chap. 6, p. 384-388.

Questions

1. Retrouvez les expressions qui décrivent l'apparition du corps. À votre avis, pourquoi le narrateur n'annonce-t-il pas

---

1. *Fil de caret* : fil très résistant utilisé pour pêcher le caret, une grande tortue de mer.
2. *Insulaires* : habitants d'une île.

dès le début qu'il s'agit d'un cadavre ? Comment s'appelle ce procédé d'écriture ?

2. Quel sentiment le narrateur manifeste-t-il à l'égard de l'homme retrouvé mort ? Relevez trois mots qui justifient votre réponse.

3. Comment Jules Verne parvient-il à rendre mystérieux le message trouvé dans le carnet de Patterson ?

4. Dans les deux derniers paragraphes, quels signes de ponctuation sont le plus fréquemment utilisés ? Que traduisent-ils ?

5. Relisez l'extrait des *Aventures d'Arthur Gordon Pym* qui précède ce texte et relevez les éléments repris par Jules Verne dans *Le Sphinx des glaces* (lieux, personnages, etc.).

Jules Verne, *Voyages et Aventures du capitaine Hatteras* (1866)

Partis à la découverte du pôle Nord, le capitaine Hatteras et ses compagnons – Altamont, Bell, Johnson et le docteur Clawbonny – doivent faire face à de multiples péripéties qui les conduisent à perdre la plupart des membres de l'équipage et à hiverner sur la banquise. Pour survivre, ils construisent une grande maison de glace qu'ils appellent « Doctor's-House ». Attaqués par cinq ours affamés, ils s'y réfugient et tentent de se défendre.

Tenter une sortie paraissait impraticable[1]. On avait eu soin de barricader le couloir, mais les ours pouvaient avoir facilement raison de ces obstacles, si l'idée leur en prenait ; ils savaient à quoi s'en tenir sur le nombre et la force de leurs adversaires, et il leur serait aisé d'arriver jusqu'à eux.

---

1. *Impraticable* : ici, infaisable.

Un hivernage dans les glaces

Les prisonniers s'étaient postés dans chacune des chambres de Doctor's-House afin de surveiller toute tentative d'invasion ; en prêtant l'oreille, ils entendaient les ours aller, venir, grogner sourdement, et gratter de leurs énormes pattes les murailles de neige.

Cependant il fallait agir ; le temps pressait. Altamont résolut de pratiquer une meurtrière[1], afin de tirer sur les assaillants ; en quelques minutes, il eut creusé une sorte de trou dans le mur de glace ; il y introduisit son fusil ; mais, à peine l'arme passa-t-elle au-dehors, qu'elle lui fut arrachée des mains avec une puissance irrésistible, sans qu'il pût faire feu.

– Diable ! s'écria-t-il, nous ne sommes pas de force.

– Et il se hâta de reboucher la meurtrière.

Cette situation durait déjà depuis une heure, et rien n'en faisait prévoir le terme. Les chances d'une sortie furent encore discutées ; elles étaient faibles, puisque les ours ne pouvaient être combattus séparément. Néanmoins, Hatteras et ses compagnons, pressés d'en finir, et, il faut le dire, très confus[2] d'être ainsi tenus en prison par des bêtes, allaient tenter une attaque directe, quand le capitaine imagina un nouveau moyen de défense.

Il prit le poker[3] qui servait à Johnson à dégager ses fourneaux et le plongea dans le brasier du poêle ; puis il pratiqua une ouverture dans la muraille de neige, mais sans la prolonger jusqu'au-dehors, et de manière à conserver extérieurement une légère couche de glace.

Ses compagnons le regardaient faire. Quand le poker fut rouge à blanc. Hatteras prit la parole et dit :

---

1. *Meurtrière* : petite ouverture haute et étroite qu'on trouvait dans les châteaux forts.
2. *Confus* : honteux.
3. *Le poker* (mot anglais) : la barre de fer, le tisonnier.

« Cette barre incandescente[1] va me servir à repousser les ours, qui ne pourront la saisir, et à travers la meurtrière il sera facile de faire un feu nourri[2] contre eux, sans qu'ils puissent nous arracher nos armes.

– Bien imaginé ! » s'écria Bell, en se postant près d'Altamont.

Alors Hatteras, retirant le poker du brasier, l'enfonça rapidement dans la muraille. La neige, se vaporisant à son contact, siffla avec un bruit assourdissant. Deux ours accoururent, saisirent la barre rougie et poussèrent un hurlement terrible, au moment ou quatre détonations retentissaient coup sur coup.

« Touchés ! s'écria l'Américain[3].

– Touchés ! riposta Bell.

– Recommençons », dit Hatteras, en rebouchant momentanément l'ouverture.

Le poker fut plongé dans le fourneau ; au bout de quelques minutes, il était rouge. Altamont et Bell revinrent prendre leur place, après avoir rechargé les armes ; Hatteras rétablit la meurtrière et y introduisit de nouveau le poker incandescent.

Mais cette fois une surface impénétrable l'arrêta.

« Malédiction ! s'écria l'Américain.

– Qu'y a-t-il ? demanda Johnson.

– Ce qu'il y a ! il y a que ces maudits animaux entassent blocs sur blocs, qu'ils nous murent dans notre maison, qu'ils nous enterrent vivants !

– C'est impossible !

– Voyez, le poker ne peut traverser ! cela finit par être ridicule, à la fin ! »

Plus que ridicule, cela devenait inquiétant. La situation empirait. Les ours, en bêtes très intelligentes, employaient ce moyen pour étouffer leur proie. Ils entassaient les glaçons de manière à rendre toute fuite impossible.

---

1. *Incandescente* : brûlante.
2. *Faire un feu nourri* : tirer à de nombreuses reprises.
3. Il s'agit d'Altamont. Les autres personnages sont anglais.

« C'est dur ! dit le vieux Johnson d'un air très mortifié[1]. Que des hommes vous traitent ainsi, passe encore, mais des ours ! »

Voyages et Aventures du capitaine Hatteras,
Pierre Jules Hetzel, 1878, seconde partie, chap. 12.

Questions

1. Relevez les différentes actions entreprises pas les ours.
2. Le comportement des ours vous paraît-il vraisemblable ? Pourquoi ?
3. À votre avis, Jules Verne est-il totalement sérieux en écrivant cette scène ? Justifiez votre réponse en prenant appui sur le texte.

Lecture de l'image

François Auguste Biard, *Matelots se défendant contre des ours polaires* (v. 1839), voir cahier photos, p. 6

1. Décrivez la scène en quelques phrases : où se passe-t-elle ? Quelle action s'y déroule ?
2. Quelles sont les couleurs dominantes ? Quelle impression ces couleurs suscitent-elles ?
3. Combien d'ours dénombre-t-on ? Combien d'hommes ? Que peut-on en déduire quant à l'évolution des événements ?
4. Quels autres détails insistent sur la situation presque désespérée des marins ?

---

1. *Mortifié* : vexé.

« L'*Astrolabe* faisant de l'eau sur un glaçon, le 6 février 1838 » (d'après Louis Le Breton), voir cahier photos, p. 4

1. En vous aidant des repères chronologiques, indiquez qui était le capitaine de l'*Astrolabe* et quel fut son principal voyage.
2. Que signifie l'expression « faire de l'eau » ?
3. Dans cette illustration, où le navire se trouve-t-il précisément ? De quel épisode d'*Un hivernage dans les glaces* peut-on rapprocher ce dessin ?
4. Cette illustration est une lithographie : renseignez-vous sur l'origine et la signification de ce mot.

La fonte des glaces (éducation aux médias et à l'information)

L'action du roman serait-elle encore possible de nos jours ? Dans *Un hivernage dans les glaces*, les marins de *La Jeune Hardie* se retrouvent prisonniers des glaces de la banquise. Mais, depuis la fin du XIXe siècle, celle-ci recule d'année en année sous l'effet du réchauffement climatique...
Afin de vérifier ses conséquences bien réelles dans la région du Groenland, où les héros du roman passent l'hiver[1], rendez-vous sur les sites Internet suivants, et répondez au fur et à mesure aux questions posées.

---

1. Voir la carte du dossier, p. 130.

Site « France Info[1] » : les images choc de la NASA[2]

1. Que nous montre la vidéo de la NASA sur le recul de la banquise en 2016 ?
2. À quel geste de la vie courante Walt Meier, le chercheur de la NASA, compare-t-il le réchauffement climatique ? Pourquoi cette comparaison permet-elle de mieux comprendre le phénomène ?
3. Quelle route maritime célèbre se trouve dégagée par la fonte de la banquise ?
4. Qui tirera profit de cette fonte des glaces ? Cette évolution vous semble-t-elle positive ?

Site « Climate Challenge[3] » : les conséquences de la fonte des glaces

1. Dans le plan du site, repérez l'onglet consacré aux ours polaires et regardez la vidéo : contient-elle beaucoup d'informations précises ? Quelle est sa fonction ?
2. Après avoir lu le texte correspondant, faites le bilan de ce que vous avez appris sur les modes de vie et l'alimentation des ours polaires.

---

1. Pour accéder à l'article, tapez l'adresse du lien suivant dans la barre de votre navigateur : **geopolis.francetvinfo.fr/arctique-les-images-choc-de-la-nasa-116239**.
2. *NASA* (*National Aeronautics and Space Administration*) : organisme gouvernemental américain créé en 1958, en charge du programme spatial des États-Unis.
3. Rendez-vous sur le site **www.climatechallenge.be**, tapez « fonte » dans la barre de recherche et cliquez sur le lien « Fonte des glaces aux pôles » (**www.climatechallenge.be/fr/des-infos-en-mots-et-en-images/quelles-en-sont-les-consequences/fonte-des-glaciers-et-des-calottes-polaires/fonte-des-glaces-aux-poles.aspx**).

3. Quels dangers les menacent ? Qui est responsable de ces menaces ?

4. Sans ours polaires, l'action d'*Un hivernage dans les glaces* serait-elle changée ? Si oui, en quoi ?

Site « CNRS[1] » : une enquête aux pôles

1. Effectuez une recherche sur le CNRS : que signifie ce sigle ? Quelles sont les missions du CNRS ? Qui y travaille ? Par conséquent, les informations que vous trouverez sur ce site peuvent-elles être jugées sérieuses ?

2. Recoupez des informations : lisez les paragraphes intitulés « De nouvelles routes maritimes au pôle Nord », « L'Arctique, futur fournisseur mondial de gaz et de pétrole ? » et « Le développement du tourisme ». Quelles informations déjà présentes sur le site de France Info retrouvez-vous ? En quoi sont-elles plus complètes sur le site du CNRS ?

3. Cliquez sur le lien « Voir l'animation » et découvrez par vous-même le dossier « Une enquête aux pôles ».

4. Intéressez-vous plus particulièrement à la rubrique intitulée « Quel futur pour les pôles ? ». Si l'évolution annoncée se poursuit, pensez-vous que l'aventure des marins de *La Jeune Hardie* serait encore possible dans trente ans ? Pourquoi ?

5. Si vous avez suffisamment exploré le site, n'hésitez pas à vous lancer dans le quiz proposé en haut de la page (cliquez sur l'animation). Attention ! Mieux vaut être préparé et avoir glané suffisamment d'informations... Les questions ne sont pas si faciles !

---

1. Dans votre moteur de recherche, tapez « cnrs dospoles » puis cliquez sur le lien suivant : **www.cnrs.fr/cw/dossiers/dospoles/alternative13.html**.

Un livre, un film
Tout en haut du monde de Rémi Chayé (2016, France-Norvège)

La réalisation d'un film est un projet de longue haleine… surtout lorsqu'il s'agit d'un film d'animation ! Pour *Tout en haut du monde*, sorti dans les salles en 2016, onze années se sont écoulées entre l'idée de départ et sa matérialisation à l'écran. Tout commence lorsque Rémi Chayé, le réalisateur, rencontre la scénariste Claire Paoletti qui lui parle d'une histoire qu'elle aimerait adapter au cinéma. À l'époque, l'intrigue tient en une ligne : une jeune fille, issue de l'aristocratie russe, part à la recherche de son grand-père perdu sur la banquise.

Rémi Chayé est passionné par les récits d'aventures des explorateurs du XIXe siècle et, plus particulièrement, par ceux du Britannique Ernest Shackleton (1874-1922), qui survécut pendant vingt-deux mois avec son équipage sur leur bateau pris dans la glace. Quelques années auparavant, Rémi Chayé avait eu l'occasion de travailler sur l'adaptation de récits de Jules Verne comme *Le Tour du monde en 80 jours* (Frank Coraci, 2004). Alors, comme Sacha, l'héroïne du film, il décide de se lancer dans l'aventure pour réaliser *Tout en haut du monde*, son premier long métrage[1].

Comme sur un bateau, tout le monde est sur le pont et pas moins de cinquante-cinq personnes sont mobilisées pour la

---

1. *Long métrage* : film qui dure plus d'une heure. Les films qui durent moins d'une heure s'appellent des courts métrages. Ces deux formats peuvent être comparés à ceux du roman et de la nouvelle en littérature.

réalisation des images : quinze dessinateurs, vingt animateurs[1], vingt dessinateurs d'animation. Sans compter celles et ceux qui seront par la suite en charge des couleurs, du son, et bien sûr les comédiens qui prêtent leur voix aux personnages. Dans l'atelier où est conçu le film, la parité est respectée. Il y a autant de femmes que d'hommes qui fabriquent le film. Pour Rémi Chayé, il était très important de donner autant de responsabilités à chacun ; un souci d'égalité qui rappelle l'histoire de Sacha sur son bateau.

Faire un film d'animation prend du temps, et donc de l'argent. Il a fallu trouver une stratégie pour pouvoir tout réaliser en France. Le réalisateur ayant choisi de ne pas sous-traiter[2] l'animation en Asie, comme c'est souvent le cas, l'enjeu du film était de faire au plus simple : les traits noirs qui entourent habituellement les dessins ont été enlevés pour ne conserver que les couleurs, qu'on appelle des «aplats[3]». Vous remarquerez aussi que les tenues des personnages ne sont pas détaillées : ni plis sur les vêtements, ni boutons, ni lacets aux chaussures. Toutes ces images ont été dessinées directement sur ordinateur, sans passer par le traditionnel papier. Quant au bateau *Le Norge*, Rémi Chayé a demandé à un ami dessinateur, Sébastien Godard, passionné de voiliers, de créer un navire plus simple à animer que ceux des aventuriers de l'époque, qui nécessitaient au moins quarante marins à bord. En s'inspirant de son expérience de charpentier de marine[4], ce dernier a conçu un navire adapté

---

1. *Animateurs* : spécialistes des images de synthèse, en deux ou trois dimensions. Les animateurs s'occupent d'animer les dessins, c'est-à-dire de les mettre en mouvement.
2. *Sous-traiter* : confier à une autre personne ou entreprise (le sous-traitant) une partie du travail à réaliser.
3. *Aplats* ou *à-plats* : comme le nom l'indique, les aplats sont des teintes unies, appliquées sans variation de couleur ou de texture.
4. *Charpentier de marine* : personne qui construit ou répare des navires en bois.

■ Affiche du film *Tout en haut du monde* de Rémi Chayé (2016)

à un équipage d'une douzaine de personnes. Il a ajouté un moteur à vapeur, en plus des voiles, et le tour était joué. Enfin, le train, les traîneaux et les calèches ont été animés en 3D, c'est-à-dire en utilisant une technique qui permet de créer l'illusion d'un volume en trois dimensions. La magie du cinéma nous donne l'impression que les objets, en relief, sont semblables à la vraie vie, ce qui contribue à l'immersion complète du spectateur dans l'histoire racontée. Comme si on y était... ou presque!

Analyse d'ensemble

Quitter la terre ferme

Si le pôle Nord est mieux connu aujourd'hui qu'au XIXe siècle, l'Arctique continue de fasciner. *Tout en haut du monde* propose de découvrir un paysage hors du commun. Les plaines blanches, dont on entend souvent parler à cause du réchauffement climatique et de la fonte des glaces (voir p. 146-148), restent encore un mystère et une source d'inspiration idéale pour raconter des histoires dépaysantes. Le film d'aventures, comme le roman d'aventures, cherche à nous faire oublier le quotidien en nous invitant, le temps d'un film, à participer à un voyage extraordinaire.

1. Dans la nouvelle de Jules Verne, l'histoire commence sur le port de Dunkerque dans le nord de la France. Où commence l'intrigue dans *Tout en haut du monde*? Comment s'appelle l'équivalent du roi dans ce pays? Y êtes-vous déjà allé?

2. Quels indices nous révèlent que l'histoire ne se passe pas à la même époque que la nôtre mais au XIXe siècle?

3. Comme Jules Verne, Rémi Chayé et ses scénaristes se sont beaucoup documentés pour reproduire la salle de bal, les rues, les navires et la banquise. En quoi le réalisme des décors procure-t-il du plaisir au spectateur ?

Un récit initiatique

On parle de récit initiatique lorsque l'on suit le parcours d'un personnage qui grandit et devient progressivement adulte, après avoir traversé de nombreuses épreuves et surmonté les obstacles que lui réserve son aventure. On peut alors comparer le personnage tel qu'il est présenté au début de l'histoire (point A) à ce qu'il est devenu à la fin (point B), et ainsi observer ce qui a changé chez lui.

1. Quelles sont les différentes étapes de l'histoire dans *Tout en haut du monde* ?
2. Quels changements extérieurs et intérieurs peut-on relever chez Sacha entre le début, le milieu et la fin du film ?
3. Est-elle la seule à changer dans cette histoire ?
4. Donnez trois exemples de duos qui se forment dans le film entre deux personnages qui ne se connaissaient pas ou qui ne s'appréciaient pas avant de s'engager ensemble dans l'aventure.

Analyses de séquence

Les rapports entre les personnages (01.00.10-01.02.28)

Dans *Un hivernage dans les glaces*, le froid, la faim et la jalousie renversent les rapports de force entre les personnages.

1. Dans cet extrait de *Tout en haut du monde*, décrivez la situation dans laquelle se trouve l'équipage. Que leur est-il arrivé un peu plus tôt dans le film ?
2. Quelles ressemblances pouvez-vous observer entre l'état du capitaine Lund dans le film et l'état dans lequel se trouve Louis Cornbutte lorsque Marie le retrouve la première fois ? Vous rappellent-ils l'état de Jean Cornbutte sur le bateau

pendant l'hivernage dans la nouvelle de Jules Verne? Pourquoi?

3. Lund, Louis et Jean Cornbutte sont-ils toujours les chefs dans leur équipe? Pourquoi peut-on parler d'un changement des rapports de force?

4. Finalement, comme dans la nouvelle de Jules Verne, ce sont les personnages présentés comme les plus faibles au début du récit qui se révèlent être les plus courageux. Qui sont-ils?

Entre rêve et réalité (01.06.52-01.09.16)

Alors que Sacha part seule dans le blizzard, son chien préféré vient la chercher pour la guider... Comme dans la nouvelle de Jules Verne, les immenses plaines blanches qui s'étendent à perte de vue ainsi que les conditions extrêmes provoquent une perte de repères chez les personnages. On ne sait plus exactement si ce qu'ils voient relève de la réalité ou de leur imagination.

1. Écoutez bien le son dans cette séquence. Qu'entendez-vous au début de l'extrait quand Sacha avance dans la tempête? Qu'entendez-vous ensuite quand le blizzard se dissipe?

2. Ce changement dans la bande sonore du film et la découverte du grand-père pourraient laisser penser qu'il s'agit d'un rêve éveillé. Pourquoi?

3. Néanmoins, Sacha rapporte un objet avec elle sur le bateau après avoir vu son grand-père, ce qui dément cette impression. De quoi s'agit-il?

4. À la fin d'*Un hivernage dans les glaces*, Louis Cornbutte part chasser seul alors que les autres sont restés sur le bateau. Le froid, la fatigue et la blancheur du paysage provoquent chez lui un malaise, si bien qu'il croit devenir fou. Dans le chapitre 14 (p. 105-109), cherchez le nom que Jules Verne donne à ce «sentiment singulier».

Une histoire d'amour à l'épreuve du danger
(01.09.18 à la fin du film)

Katch, le jeune matelot, cherche Sacha après la tempête. Le chien l'aide à la retrouver mais, pendant un court instant, il craint que Sacha soit morte de froid.

1. Que fait-il pour la sauver ? Il est fréquent qu'une histoire d'amour vienne se greffer aux récits d'aventures, comme celle de Marie et de Louis Cornbutte. Pensez-vous que Sacha et Katch soient tombés amoureux pendant leur aventure ? Pourquoi ?

2. Que se passe-t-il juste après les retrouvailles de Katch et Sacha ? Pourquoi cet événement crée-t-il la surprise ?

3. Reconnaissez-vous le matelot qui tue l'ours avec son fusil ? Contrairement à la nouvelle de Jules Verne, comment comprend-on que les marins, qui étaient prêts à trahir Sacha et le capitaine, vont finalement leur rester fidèles ?

4. Imaginez ce que les matelots feront de la dépouille de l'ours.

Notes et citations